白鶴行

言紡——著

目次

一、拜訪

在我記憶中，春分一直是同一個模樣。

可能是因為那時的我年紀太小，小孩子看大人，看起來都是同一個年紀，但直到我長大成人，春分也還是那個模樣，沒有變老的感覺。

春分是偶爾會來我家拜訪的美術商。

和其他的畫商不一樣，他總是叨叨唸唸的嫌著我家開給他的價格太高，一邊送上會被我父母譏諷的便宜禮物。那些禮物後來都收進了我的囊中，我長大後才明白，那些便宜的玩具和書本，其實全都是專程買給我的。

他總是用一種很疲憊的眼神看著我，對我的胡鬧充滿了寬容與憐憫，他是在可憐我，就算是這麼小的孩子也能感受出來。所以小時候的我對他有種莫名的反抗心態，無法真誠的和他來往。

但比較起我身旁的其他大人，他是唯一對我投以感情的人。

有次他給我講了他工作時發生的事，我彷彿捉到了他的把柄，便一直鬧著他講其他的事情給我聽。

我不得不說，我其實是喜歡他的，他是那時孤獨的我好不容易才交到的有趣朋友，他和我講了很多故事，他身邊的鶴也都很好玩，我老鬧著說要騎那些鶴，還沒禮貌的去捉鶴的脖子，想吊單槓，搞到後來，那些鶴一看到我，就自動退避三舍。

春分一點都不生氣，甚至還笑得很開心，他摸摸我的頭，誇獎我，說只有我治得了那些討厭鬼。

那些鶴聽見了，在後頭不滿的嘎嘎亂叫，我也笑了。

春分的身邊總是跟著十來隻的鶴，是丹頂鶴，也就是俗稱的仙鶴，這些鶴，我家裡的其他人是看不見的，只有我看得到。

春分是這些鶴的主人。

這些鶴和人一樣聰明，他們從很久以前就存在了，一直在春分的雇主家傳承著，所以懂得很多事，他們會幫助春分，教導春分工作，雖然是主從關係，但多數的時間，春分都得聽他們的話。

「牠們會講話嗎？」我問道。

「不會。」

我還以為鶴會像其他的妖一樣，會說人話，這些鶴從來都不講人話，但牠們和春分有某種程度上的心意相通，所以即使無法用語言交談，春分也能大概猜測牠們的意思。

是猜測，不是明白，比手劃腳的情況還是常常發生，遇到有著急的事，簡直要當場活活憋死。

「牠們認識字？」

「不止是字，還會看畫，會聽音樂呢。」春分嘆了口氣。

不過呢，牠們就是不寫字，不說人話。

「因為牠們是鶴嘛。」我想當然爾的覺得春分很笨，「你要學鶴語才對。」

春分哼了一聲，不屑。

那鶴也是和他一樣的想法吧？

我問春分，他是怎麼和鶴認識的。

春分想了想，他說，他以前也是個普通的上班族，在一間小公司裡做資訊人員，就是幫公司的人修電腦，管網頁之類的。

不過他從小就稍微能看得見，並不是一無所知的那種。

某天晚上，他下班後閒著沒事，就在公司附近亂逛，想找個吃飯的地方，不知怎的，那天常去的餐廳都客滿，他越走越遠，最後走到了鬧區之外，一個靠山坡的高價別墅區。

那一條街上淨是些平民百姓只能看的店面，一壺茶要好幾千塊、供人品嘗頂級茶葉的茶店，櫥窗擺滿翡翠的店，各種缺乏招牌，裝潢體面的古董文玩店。

路上非常安靜，房子都建得很有品味，散步起來相當舒服，他閒著沒事，就隨興的往上走。

他現在工作的葉家古董店，就夾雜在那一排店面裡頭。

葉家的櫥窗裡擺了一對巴掌大的青銅仙鶴，做得栩栩如生，精巧無比，就算他這種外行人，也能一眼看出這東西和普通的物件是不同的等級。

他好奇的多看了二眼，之後又在附近繞了繞，才打道回府。

隔天早上，他睜開眼睛，世界就全變了。

一群活生生的仙鶴出現在他身旁。

那天晚上的「多看二眼」，讓他被這些鶴纏上了，成為了鶴的主人，後來他就開始替這間古董店做事。

「……現在想想，那傢伙很過份吶。」

春分指的是他的老闆，一個叫葉三的男人。

我沒見過葉三，只知道他是店裡的好幾世祖，是個小少爺，對春分頤指氣使的，但我知道春分只是抱怨他，並不討厭他。

※※※

春分說，當時身邊冒出了鶴，還是一群，那是件大事。

鶴悠哉的在他的房間裡走著，啄東西，梳毛，趕也趕不走。因為他那時是在外頭租房子，房間小得可憐，鶴一蹦起來，就會撞上天花板，一整群鶴一起嘎嘎鳴叫，吵得他幾乎要聾掉，他還得小心的推著鶴屁股，拜託他們讓路，才能下得了床。

他立刻想到，肯定是昨晚去了那條街，出了亂子，他趕忙回到那間擺著青銅仙鶴的店，店裡等著他的，是正在大哭的葉三。

我那時以為，葉三是把鶴弄丟了，才會大哭。

他想把鶴還回去，但葉三叫他明天早上再過來，他便照著時間又來報到。

這是春分在這間店裡，遇上的第一個工作。

二、猴子玉墜

隔天一早，按著約定的時間，春分抵達了古董店，葉三穿著睡衣來開門，一樓是店鋪，他就住在樓上。

還以為自己終於能鶴歸原主，沒料到葉三塞了個地址給他。

「你到這個地方，找一位楊先生。」他這麼說道，卻沒有要一起前往的意思。

「我一個人去？」

「又不是什麼了不起的事，牠們會和你說要怎麼做。」

「牠們？」春分望了下那群悠哉的鶴，鶴對著他嘎嘎的叫。

地址的位置並不遠，早上不塞車，半小時就抵達了。

是一間看起來相當貴的公寓大樓，從地下停車場的入口進去，地下竟然還有噴水池。有專人幫忙停車，地址的條子上頭寫著十樓，沒有之幾，春分的貧民腦子轉了下，那是整層的十樓，上百坪的空間，都是同一戶人家。

管理員送春分進電梯，那群鶴呼溜的也全擠進了電梯裡頭，伸長了脖子站好，荒謬可笑的畫面，讓春分完全失去了現實感。

十樓門一開，一個著急的中年男子，衝著他便喊：「大師，您終於來了。」

他猛然驚覺，男人叫的是自己。

男人就是楊先生，陪同的還有他的太太。

還沒踏進門，春分就從門縫裡瞥見了成山似的古董，櫃子堆得老高，就連牆面都不放過，掛滿了壁毯和字畫，場面相當的壯觀。

如果這兒是寶物倉庫，應該是讓人驚嘆，但普通人家應該是不會用這種風格來裝潢。

果真，踏進門後，裡面就是一整個金碧輝煌，俗氣的土豪感，再搭配頭頂上那盞歌劇院似的巨型水晶吊燈，是尷尬得讓人連該站哪裡都不知道。

楊先生像個小業務一樣，緊張兮兮的招呼春分坐下，喚傭人來送茶倒水，雙手遞上名片。

他是一個建材工廠的老董，事業看來非常成功。楊先生又自顧自的開始講：「大師，請您一定要救救我女兒。」

春分可矇了，現在是新式的詐騙不成？他正想要答，不好意思，您應該是搞錯了，想要起身離開，身旁的白鶴卻啼了好大一聲，朝著春分的後腦勺猛啄下去，疼得他立刻坐回原位。

「大師？您還好嗎？」

「沒事……」捱這一下，春分真是痛到想掐這些鶴的脖子。

他揉了揉疼得火辣的腦袋，努力的壓抑住怒氣。

因為春分是個成熟的社會人，遇到再怎麼無理的事情，都會先嘗試解決，絕對不是怕那些鶴又啄他，才沒有立刻起身離開。

我對春分的說法嗤之以鼻。

當時的春分是丈二金剛摸不著頭緒，不過好歹也是個上過班的，要和對方玩不懂裝懂，順道套個話什麼的，對他來說也沒什麼困難，他索性抱起手臂，要起高姿態問話：

「我完全不知道是什麼事情，你從頭講一遍吧。」

楊老闆連連作揖，還真的從最前頭開始講了，講得非常詳細。

首先，這位楊老闆，是真的非常的有錢。

為了事業，他婚結得晚，只生了一個女兒，這邊就叫她楊女，今年十四歲，在讀中學。這女兒是夫妻倆的心頭肉，寵得上天，是一個嬌慣的小公主。

事情大概是半年前開始的。

楊女的性格雖然嬌慣了點，但也是個普通的女孩子，平常和同學相處愉快，也有幾個特別親的好姐妹。

只是不知怎的，暑假之前，她突然和那群好友鬧翻了。

楊先生楊太太只把這事當成是小朋友吵架，女兒說好聽是嬌慣，講難聽點，就是個小霸王，他們自己也心裡有數，沒準就是自己女兒得罪了人家，他們就連吵架的原因都沒去過問。

暑假的時候，楊太太就照原本的計畫，帶女兒去歐洲避暑，這第一個異常就出現了，要去歐洲這件事，楊女明明很期待，到了當地，她卻一點出門玩的意思都沒有，整天悶在房間裡，要知道楊女最愛在各大景點打卡炫耀，出國渡假竟然不出門，簡直讓人懷疑她還是不是同一個人。問她躲在房間做什麼，她就說上網，看劇，敷衍過去。看她的態度，反而像是玩得很愉快，整天笑嘻嘻的。

這個時候，楊太太收到了個消息，說是女兒的一個好友，暑假時出了意外。聽說很嚴重，是要住院好一陣子的那種，暑假過完也不曉得能不能回來，楊太太就覺得古怪，那女孩可是來他們家住過好幾次，和女兒親的不得了，但楊女卻連半點憂傷的情緒都沒有，甚至連提都沒提起。

暑假結束，楊女返回學校，這事終於正式的引爆。楊女的同學，不知怎的在教室和楊女起了爭執，拿美工刀劃傷了她。傷口縫了五針，事情驚動了學校。

他們做為受害者的父母，當然和傷人那方的學生父母談了談，對方的父母說，他們看了自己兒子的手機——當日起爭執，拿刀劃傷人的，是一男一女，這是那位男同學的父母。那對父母也把紀錄拿給楊姓夫婦看，是一個線上聊天的小群組，裡頭都是同校的同學，他們的對話十分詭異，討論了許多怪異的現象，指稱楊女「中邪」、「被鬼附身」。

原來從這學期初，楊先生的女兒突然變成了班上的萬事通，好像知道所有同學的祕密。她原本就是喜歡拿別人閒事當瓜子嗑的那種人，以往講些八卦，也是無傷大雅，現在卻不一樣，她知道的事情，已經不是參雜了胡話的八卦傳言，而是百分之百的「事實」。人聽見「事實」時的反應，和聽見沒來由的流言相比，反應是完全不一樣。那是踩著了尾巴，掐住了心臟，當你拿事實去羞辱一個人，那個人肯定要崩潰。

楊女一發現這事，立刻就玩上了癮，不僅是變本加厲，甚至是充滿惡意的專挑那些別人最不堪的事情去講。看到別人氣到想衝上去打她，她就樂得用力拍手，非要講到要把對方逼死不可。

她的好姐妹覺得她這樣太超過，想勸她收斂點，她氣得要命，反倒開始一股腦的攻擊對方，這就是暑假之前，她和好友吵架的原因。

之後她不斷的騷擾那個女孩子，惡意爆料對方的各種隱私，暑假的時候，那個女孩子不是出意外，而是自殺未遂。

其他的同學都很害怕，特別是曾被她講中一些什麼事的人。

別的家長又拿了別的證據給他們，讓他們瞧瞧楊女的惡形惡狀，那些證據，春分沒親眼見到，但看楊家父母的反應，是不看也罷。

持刀傷人的同學，最後是以停學做為懲處，楊女原本還氣燄很盛，揚言要給對方好看，楊太太正想著該怎麼辦才好的時候，楊女的身體出現了異狀。

最先出問題的是眼睛。

昨天看還好好的，一個晚上之間，楊女的左眼就像被狠揍了一拳似的，整個發炎潰爛，非常恐怖，楊太太趕忙帶女兒去就醫，換了好幾個名醫，卻都找不出眼睛潰爛的病因，只能給她用藥治療。

她的同學們說這是報應，楊女簡直氣瘋了，也不去上學了，整天躲在房間裡，把所有的燈關掉，用棉被把自己蓋住，誰也不見。

楊女的傷越來越惡化，就在此時，有個自稱是收妖師父的人找上門來。

他和夫婦倆說，你的女兒，肯定是招惹了什麼。

他說，他的雇主，正是那個自殺未遂的女同學。

被逼到自殺未遂的女同學，並不止是被言語霸凌而已，她一直覺得自己的身旁有一股陰森視線，好像有什麼東西在看著她，讓她吃不下也睡不著，這才一時崩潰選擇了自殺，她事後想想很後悔，也非常的害怕。

她的家人很信這套，擔心女兒被不乾淨的東西糾纏，就算沒有，做個法事求心安也好，便請來這位收妖師父。

師父開壇作法，立刻發現其中有異，隨便猜測下，就知道搞事的人是誰，他便前來楊家拜訪，是警告，也是勸告。

「你女兒就是這一連串事件的始作俑者。你們做父母的，到底是怎麼教的！要快點叫她收手！否則早晚丟掉性命！」

可是仔細想想，楊女會這麼跋扈，就是這對父母寵出來的，他們哪能接受有個陌生人跑進他們家，指責他們的寶貝女兒不對？更何況還說他們女兒使用邪術，簡直是莫名其妙！楊家夫妻氣得當場就把這位師父攆了出去。

師父離開之後，夫妻倆氣歸氣，但女兒病著，事情又的確怪異，他們於是也透過自己的人脈，陸續找了幾位「大師」，最後有個認識的古董商，給他們推薦了一位葉大師。

春分心想，那是指葉三嗎？既然是介紹他，幹嘛讓我過來？

還以為葉三叫自己來這兒，是為了解決鶴的事情，結果完全不是，而且對方似乎還誤以為自己就是那個葉大師。

「大師，我這幾年，買了不少古董，仔細想想，那些是什麼東西，哪兒來的，根本也不知道，是不是裡面有不乾淨的？我現在怕得很，就拜託您幫我瞧瞧，當然，報酬是絕對不會少給您。」楊先生是誠心誠意的懇求，就差沒跪下來磕頭了。

但就算他這麼說也是沒辦法……

春分皺起眉頭，思考著該怎麼解決這個爛攤子，他瞄了眼身旁的鶴，也不知道牠們聽不聽得見，總之心裡先默默的想了下，拜託牠們，若是真有什麼能力，麻煩快點使出來，否則就算把他的腦袋啄破，他也不管了。

面對春分的祈禱，身旁的鶴沒有開口說人話，更沒有發光，就是非常純樸的咬住了春分的領子，把他往上拎了起來。

春分狼狽的給牠勒著脖子，被拖著往裡頭走，最終停在一扇門前。

楊先生驚訝極了，原來那門就是他女兒的房間，心裡不知春分怎會曉得？再次認定了眼前這人是個貨真價實的大師！

「要進去看嗎？」他望著那些鶴，內心充滿猶豫，腦子裡浮現的是恐怖片裡和惡鬼鬥法的畫面，這門一打開，對方就會用瑜伽的姿勢衝出來。

他只是一介普通上班族，身上沒符也沒桃木劍，敢情進去送死？

鶴點點頭，也不曉得是不是就是叫他進去送死。他翻了下白眼，不管了。

門是鎖著的，不過有備用鑰匙，他一開門，門就發出一聲悶響，後頭被什麼卡住了，應該是個櫃子，總之只開得了一小條縫。

春分把眼睛湊上去看，明明外頭陽光普照，房間裡頭卻昏暗異常。在薄弱的光源中，一個像是動物的黑影，背著光閃了過去。

春分直覺自己看見的東西，是隻很瘦的猴子。

牠像是張開了四肢，一躍而下，消失在落地窗外。

「喂，門怎麼打不開！」

楊先生看見門被堵了，怕女兒有不測，心裡著急，在門前喊了起來，又叫傭人過來幫忙，幾個傭人阿姨一塊兒過來推門，門很快就打開了。

門一打開，就有枕頭和雜物扔了過來，房間裡傳來了歇斯底里的尖叫，床上坐著一個用被單把自己蓋起來的人，那人一邊哭一邊蠻橫的亂踢，肯定就是他們的女兒。楊先生楊太太趕忙上前，又求又哄的，活脫脫的一場家庭鬧劇。

看著眼前這令人頭疼的景象，春分可以理解身旁的同事為何都不想結婚，就算結了婚，也都對養小孩沒有信心。

鬧劇上演的期間，春分站在門口，他總覺得這房間裡很不舒服，不想進去，那些鶴倒不管，囂張的一擁而入，在房間裡覓食似的東啄西找，十幾隻鶴轉阿轉的，連天花板上的燈都伸長了頸子去啄，這時楊家夫妻終於把女兒頭上的被單給拿掉，露出了她的臉來。

女孩子的臉非常腫，皮膚底下是漲紅的豬肝色，頭上綑著一大塊紗布，裡面都滲血了，樣子頗為嚇人。

這個時候，房間裡的鶴們，一隻一隻輕巧的跳出了門。

其中一隻鶴把一個軟涼的東西塞進了春分的口袋，春分伸手一摸，是塊雕過的玉。

春分意識到這東西可能就是關鍵，想拿出來看，鶴立即啄他的手，不准他拿。一直到他離開楊家，發動車子時，春分才得以把那塊玉拿出來。

是一塊普通的和田玉，當然那時候春分只知道是玉而已，要很久以後他才分得出各種玉的種類。

這玉大概一個雞蛋大，雕工相當普通，甚至還有點糙，淺綠為底，褐色的部分雕成了一隻眼睛圓睜的猴子，猴子的眼神恐怖，齜牙裂嘴的，坐在地上，眼睛往上望，天空有雲和月亮。

湊近一瞧，那猴子根本不是眼睛圓睜，而是眼睛的部分，挖了二個凹陷的圓充當瞳孔，空洞的雙眼毫無生氣，難怪看起來很邪門！

把這東西帶回去就行了吧？於是這麼想著，春分開車回了店裡。

回到店裡，葉三在門口迎接，春分還稍微心軟了一下，打算原諒他，結果不是。因為店門口就是櫃檯，他是坐在那兒泡茶。

人看起來還睡眼惺忪，估計春分一走，他就去睡了回籠覺。

一見鶴們回來，他朝春分就喊：「拿回來了嗎？」

「拿回來了。」

春分把玉墜拿出來，那玉上的猴子，竟然換了表情，像是在笑，看起來更猙獰了。

葉三一看，臉色　變：「糟了！」

他立即從櫃檯下取出一綑黑繩，剪了一段，「快，把猴子的眼睛遮起來。」

玉墜是卵型的，很不好綑，情急之下，乾脆拿了膠帶出來，把繩子固定了才綑上去，一圈不夠又再綑一圈，直到那猴子的臉都被黑繩遮住了，這才罷手。

「你怎麼就這樣帶回來了？」

面對葉三的質問，春分也是一肚子怨氣：「這到底是什麼玩意兒？」

葉三哎了一聲，「你沒矇他的眼睛，他現在知道你人在哪裡了。等等就找上門來。」

春分一怔：「那個楊先生不是有店裡的地址嗎？」

「店裡是一回事，你家是一回事。」

這話可讓春分語塞了。

「你現在要照我的話做，否則猴子就要來糾纏你了。」

葉三開始為他準備一些東西，拿了個箱子打包，箱子裡的東西，是一些蠟燭，平常拜拜用到的那種粗的紅蠟燭，還有一些普通的香，一個插香的爐子，最後是一面青銅鏡。

這種鏡子，就是古裝劇裡會看到的那種，圓型，中間有個鈕，是青銅或銅做的，一面有繁複的圖案，另一面則磨成鏡面，這東西是實心的，重得要命，光滑的那一面看起來已經磨損得糊掉了，邊緣還帶著霉綠色的鏽，完全照不出東西來。

葉三又抄了個地址，要春分到這個地方，去買一隻活雞，白酒，再買一些糯米。

接著讓春分回租屋處做準備，等待日落之時。

春分心裡還想，房間裡擠滿了鶴，猴子想進來糾纏我，還不知道擠不擠得進來，但想歸想，現在出了事，那些本來趕也趕不走的鶴，一下子全溜了個沒影，留著春分一個人在家裡面對。

照著葉三的吩咐，他用糯米在床邊灑了一圈，接著搬了一張桌子到床尾，點上蠟燭，把活雞綁著放進盆子裡，再把猴子玉墜上頭的黑繩解開。

將所有的燈關上，倒酒，點香，春分縮到了糯米的後方，用棉被把自己蓋起來，懷裡緊緊抱住那面青銅鏡。

葉三說道，你已經拿了玉墜，那猴子今晚肯定會來找你把玉墜討回去。但切記，你絕不要和那猴子硬碰硬，牠要是動手，你就逃跑。

棉被裡很熱，又關了燈，沒隔多久，春分竟然想睡了起來。

要知道一個上班族，能窩在床上的每一分鐘都是很珍貴的，可是他現在又不能睡，乾脆打開冷氣，心想涼一點，會比較清醒。

但他錯了，冷氣開下來，反倒是更助眠了。從棉被的縫隙悄悄望出去，蠟燭的火光晃動，又是一回殘酷的催眠。

正想著已經無法再撐下去之時，動靜終於出現。

和今早在楊女房間裡看見的，是一樣的黑影，細細瘦瘦，四肢像是拉得老長的影子，春分用棉被蓋著自己，視野僅有一個隙縫，看不清楚，只能緩慢的等待那東西走進他的視野裡。

棉被的縫隙正對著床尾的供桌，春分明明覺得自己已經等了很久，線香卻只燒了一半不到。微弱的燭光照在黑影上，映出了棕色的毛皮和爪子。

那東西就和玉墜上一樣，面貌猙獰，更詭譎的是，猴子的臉上，像被挖了二個血窟窿，裡面填了一對人的眼睛。

人的眼睛，和猴子的眼睛，是完全不一樣的，猴子的眼睛沒有眼白，很容易分辨，而人類這種生物，又特別慣於從其他人類的眼神中取得訊息，只消一眼就能懂得，這猴子臉上的眼睛，確實是人的眼睛，而且還是對充滿了輕浮與惡意的眼睛。

春分打了個冷顫，完全的醒了，接下來那猴子做的事，和葉三預料的完全相同。牠吱吱的叫了幾聲，探頭去聞那桌上的酒，接著朝著活雞伸出了爪子。

活雞被綁了一天，已經掙扎得沒力了，被猴子捉起，也只是悶著咕了幾聲，猴子聞了聞雞，雙手捧著，張開血盆大嘴，就朝活雞身上咬下。

血嘩的噴了出來，猴子興奮極了，又撕又啃，很快的吃得滿臉是血，血腥味薰得整個屋子都是，春分知道時機到了。

他躍出棉被，雙手舉起青銅鏡，往猴子的臉上照。

葉三說過，照的距離是越近越好，春分幾乎是個人撲上前去，鏡子幾乎要湊到了猴子的鼻尖。

猴子愣了一會兒，直直的瞪著鏡中，接著發出一聲淒厲的慘叫。

那不是猴子的叫聲，而是一個人被嚇到失神的尖叫，但在現場，春分感覺那聲音幾乎和野獸沒有兩樣了。

猴子用飛快的速度跳出窗外，消失無蹤，染滿雞血的玉墜，落在了原地。

春分在原地等香燭全部燒完，確定猴子沒有返回，這才收拾現場。

※※※

隔天，他將玉墜洗乾淨，帶去給葉三，葉三對這墜子好像沒啥興趣，反倒關心他的青銅鏡。

後來春分才曉得，這種古青銅鏡，可不是他的收入供得起的玩意兒。

葉三泡了壺茶，準備了點松子，餵著那些鶴玩，沒隔多久，一個中年男人前來敲門拜訪。

不知名的中年男人，拿起猴子玉墜端詳了番，嘆了口氣。

「謝謝你願意幫這個忙。」

「沒事，互相而已。」

葉三準備的茶，是要招待這位先生的。

中年男人將玉墜收起，從懷裡掏出一個紙包的磚頭，做為交換。春分一看就知道，那是鈔票，數量肯定不少。

「……這位是……新的鶴主？」那男人看向春分，有點詫異。

「是。」

葉三低下了頭，悄聲答道。

※※※

春分後來才曉得，當日來收走玉墜的，就是楊先生故事中，一開始被楊家人攆出去的師父。

那師父開壇作法，引出了那猴子，隨即知道了前因後果。

這個玉墜，做為一個藝品，並沒有價值，玉色不好，雕工拙劣，因為這東西本身不是做為藝術品而存在的，是古時候某些術士使用的咒具。

但這玉墜流傳至今，就算本身沒有多大的價值，做為一個古董，是綽綽有餘。楊先生喜愛古董，碰巧就被他給買下。

玉墜擺在家裡，被他女兒拿去玩，不知是什麼原因，他女兒正確的使用了這個玉墜。

這玉墜上，有一隻沒有眼睛的猴子，她能把自己的眼睛放在猴子身上，讓猴子帶著她的眼睛，去偷窺任何她想窺視的東西。

她偷窺自己的同學，得知了各種祕密，但她卻不知道，做為使咒的代償，這猴子會逐漸奪走她的身體。

她的左眼會潰爛，就是被猴子奪走了，再繼續下去，就是手腳，再來是器官，最後整個人被猴子吃掉，送掉性命，而且這過程很快，不會超過一年。

玉墜不是做來害人的東西，在古代，據說是用在軍事上，一個士兵犧牲自己，竊得敵軍的情報，能拯救一個城池，換回百萬生命，在那時候，是非常值得的。這玉墜八成是跟著某個犧牲的將士入了土，直到近代才流通出來。

師父前去勸告，卻被趕了出去，他知道若是楊女不自己罷手，沒人救得了她，於是請葉家過來協助。

楊先生會聘請葉家，不是碰巧，是設計好的，這圈子說大不大，後頭的人多少都認識，那個推薦葉家的古董商也是一夥的。

「葉家原本就是做這些工作的。」葉三解釋：

「很多代以前，聽說是風水師，後來牽扯到一些盜墓的。盜墓出來的東西，有些有問題，會沒辦法賣，葉家先祖就替他們解決，久了以後，遇上有問題的東西，懂行的就會過來找我們。」

聽到這兒，春分是有點明白了。

「那鶴是什麼東西？」

「也是某個墓裡帶出來的，認了我們祖先當主人，之後一代傳一代，葉家做這行，基本都要靠牠們。」

葉三摸了摸鶴的嘴巴，餵牠們吃松子，他似乎從小就和這些鶴一塊兒長大。

楊先生沒再來找過他們，又或是葉三推掉了，沒和春分說，他也不想再問。葉三說，那面青銅鏡本來就是糊的，只有藉著夜裡的火光，才能照物，而且僅能照出妖物。

玉墜上的猴子雖然被人使喚，但牠的本質是嗜血的，非常殘暴，擺上酒和香燭，表示這一桌是供奉給牠的，楊女沒有給過牠祭品，見到活雞，牠肯定是饞得無法忍耐，必定會大口吃下。讓春分拿鏡子照牠，其實沒有任何作用，只是讓牠瞧瞧自己現在的模樣。

身體是猴子，但用猴子的身體看東西的，是楊女。

從那青銅鏡裡，楊女見到的，肯定不止是一隻沾滿了血的猿猴吧？還有更深的黑暗。以及她自己。

那晚之後，楊女聽說陷入了精神錯亂，離開學校去做治療了。

至少她以後無法再使喚猴子，不能再害人，也不會再傷害自己，往後若是康復，人生也還能繼續。

這結局對春分而言，很不完滿，卻又說不出該如何才能更好。

※※※

那些鶴對待葉三，是一整個溫馴友善，完全符合世人對仙鶴的各種期待。

但牠們對春分，就是路邊一隻小蟲子被踩扁的程度。

可以的話，最好每天站在高處，比春分高的地方就好，瞇著眼睛鄙視他。

上回玉墜的事情，春分是覺得很不對勁，仔細想想，葉三說「猴子會去你家」，但一到店裡，他就把猴子的眼睛遮起來了，猴子頂多就曉得葉家的位置，怎會知道他家在哪裡呢？

反倒是葉三讓他把猴子引回家裡，這才是曝露了位置吧？

葉三一臉嫌煩，把答案都寫在了臉上：雞血很腥，他不想把店裡弄髒。

他被設計了！

春分想起他刷了一整個下午的地板，血還滲到磁磚縫裡。

「你也提醒我，讓我墊個什麼東西！」

葉三皺了下眉頭，敢情是別人的事情，他沒想那麼清楚。

他真是要給這個小少爺逼得上吊了。

三、桃花墓

「葉三這個人，沒有朋友，不知道怎麼關心別人。」

春分這麼說著，一邊使過眼神，想要我會意一下。

我的確是只有他這麼一個朋友，他擔憂我會變得和葉三一樣，缺乏神經。不過春分隨後又開始替葉三說好話，說他這麼斥責了葉三後，葉三相當愧疚，他真的不是故意的，就是沒想那麼多。

這話聽起來就是趁亂在誇獎自己寬容體貼吶！這人朝自己臉上貼金，還真是不遺餘力，讓我都懷疑人家葉三是不是真的有對他這麼壞了。

春分給我講的第二個故事，叫作桃花墓。

前面說了，葉家的祖宗，原本是給人看風水的，簡單來說，他們的專業裡有一大部分，是給人找墓地。

葉家和墓葬類的東西，淵源是很深的。

後來不知怎的，和一些盜墓的掛勾上了，那些墓裡盜出來的寶貝，很多是有問題的，會鬧，會鬧就不能賣，為了生計，葉家的祖宗就幫忙想法子處理，技術一代傳過一代，越來越厲害，於是行裡的人，遇到特別稀奇古怪的事情，就會求助於葉家。

他們店裡賣的東西，就是這麼交流來的，有些是處理事情的報酬，有些則是問題處理不了，就擱在店裡，等待需要的有緣人到來。

所以不限於古董，即使是現代的東西，他們也都有在交易，為了賺錢，只要有買家，也會主動的去接貨。

這一回，是葉三的爺爺認識的土公仔來拜託，說是要開一個墓，但這墓有詭異，他們不敢亂開，要葉家的人來幫一把手。

※※※

墓地是在某個深山裡面，整個山頭都是祖先留下來的桃花林，家族掃墓的日子，固定是在清明的前一、二個星期，時常能趕上桃花季節的尾巴，整山的青綠點綴著粉紅粉白，一片的春和景明，美不勝收。

事主家族有個男孩子，因為姓林，這邊就叫他林男，林男的母親是這個家族嫁出去的女子，他是第一次陪母親來掃娘家的墓。

原本也就是母親返鄉掃墓，順道帶兒子下鄉玩玩，認識親戚，沒想到，林男回家後，便一直覺得喉嚨怪怪的，像被什麼東西哽到，咳了老半天，卻又沒東西。

還以為是什麼病，特別去醫院做檢查，醫生拿著手電筒往他的喉嚨照，表情一下子變得很迷惑。

醫生拿長長的棉花棒，伸進他的喉嚨裡，沾出了一個令人百思不得其解的東西。

那是一瓣粉紅色，鮮嫩的花瓣。

這下大家懷疑林男是吃花瓣噎著了。可是林男根本沒吃過花瓣，醫生的臉色還是很怪，他說，他只沾出了一片花瓣，但其實林男的喉嚨裡，全部黏滿了花瓣。

全是鮮嫩的花瓣，完全沒有腐爛或是咀嚼後的跡象，這根本沒辦法解釋，林男的身體實際上也沒有損傷，只得讓他回家。

情況逐漸惡化，原本只是感覺喉嚨有哽到，稍微吞個口水就能應付，現在喉嚨裡的花瓣是越來越多，甚至朝著肺的方向長出，幾乎要滿出來。林男開始咳嗽，不斷的咳出花瓣。

他一度以為自己會死掉，幸好過了陣子，狀況回穩，花瓣的量變少了，他偶爾還會咳嗽，但勉強能恢復正常生活。

醫院把他吐出的花瓣送去檢驗，發現那些僅是非常普通的桃花花瓣。

林男的病情起起落落，除了身體的狀況實在是匪夷所思外，他也開始做一些情景非常真實的夢。

他夢見了一個長得和自己非常相像的男子。

男子的年紀比林男稍長，夢裡的時代，並不是現代，裡頭的人穿的都是古裝，內容則是片片段段，就是那個男子每天的生活，像是有臺攝影機架在原地，從遠處拍著男子。

男子時常會移動到離鏡頭很近的地方，坐在那兒讀書，周圍是滿山遍野盛開的桃花，風一吹起，一陣花雨落下，春風吹暖，男子揚起一個淺淺的微笑。

那視線依舊靜靜的，恬淡的，望著眼中唯一注目著的人。

夢中的男子陸續經歷少年，成婚，生了孩子，男子沒有老去，因為他尚未等到年老，便過世了。

林男聽見夢裡的聲音，男子曾和妻子說過，等他死了，想葬在這片最愛的桃花林裡，妻子哭著完成了他的願望，在桃花林裡闢了一個墓地，讓男子在此永眠。

隨著男子死去，那望著男子的視線，開始變得黯淡，呆滯。畫面不再移動，從此只剩下男子的墓。

多年過後，妻子也過世了，葬在男子的身邊，男子的孩子也老死了，被他的孫子葬在一塊兒，之後子孫開枝散葉，墓園越整越大，每年的花季，都有許多人前來掃墓，那些人一代換過一代，從古裝逐漸換成了現代的穿著。

林男終於明白了，這個男子，正是自己的祖先。

男子鍾愛的花林，就是母親那邊的家族墓園。

只是這些夢境，究竟是誰的？

※※※

林男的病症太玄奇，家人早早就往神鬼的方面去作想，陸續的拜訪了一些廟宇與算命師，不少人給出一樣的答覆，懷疑是祖墳出了問題，直接影響到後人的身體，建議開棺查證。

他們就決定要開這個夢中男子的墓。

這墓都上百年了，上頭的墓碑是還在，地底下就完全不知道變成什麼模樣。

像這種平民百姓的墓，都只是挖個坑，用木板拼的棺材裝一裝，不可能有什麼保存的效果，就算挖下去，全部都已經腐爛消失、連骨頭都不知道跑到哪裡去了，那也不是很意外。

不過撇去這些「安全」的狀況，土公仔就怕這一開下去，會開出什麼他們想也想不到的東西。

葉家接這個委託，也算是回歸老本行，開棺要搭配事主的生辰八字，推了一個星期三早上的時間，這時間對春分而言，非常糟糕，要知道地點在深山裡頭，從市區開車過去，單趟要三四個小時，還要配合土公仔挖土的工作時間，等於整整一天都得耗在山裡頭。

於是他得前一天先抵達當地，以便第二天凌晨出發上山，耗完一整天後，再搭車返回，回到家裡估計一天又過了，這麼說來……

整整得向公司請三天假，還得請在最糟糕的星期二到星期四。

他算了算自己的特休，臉色一白，想到假單呈上去，主管和人事的表情，臉色又是由白轉青。

他想和葉三打個商量，這次能否不去？看著葉三已經在準備行李，就過去想和他談談。

葉三的行李裝的都是一些普通的傢伙，進山用的防雨外套，運動鞋，水壺，完全沒看見什麼降妖除魔的寶貝。

「帶這些就夠了？」他試探性的問了葉三。葉三被這一提醒，隨即醒悟過來：「忘了！還有防蚊液！」

「我不是這意思……」算了。

葉三的裝備都很新，春分這時才明白，葉三幾乎是不出門的。

在家附近買買東西還行，但葉三好像從沒離開過他生活的小小區域。

「你會不會買火車票呀？」葉三皺著眉頭問。

「你沒買過？」

「沒有。那有什麼關係？你會買不就好了？」

還回答得理所當然。

看看葉三的樣子，缺乏常識，性格惡劣，他真的是個大師嗎？

這趟要是不跟，他一個人八成連月台都找不著。看來還是只得跟去。

周圍的鶴群嘎啦嘎啦的起鬨，在那邊爭食葉三背包裡的零食，春分再次陷入了不安當中。

※※※

後來的旅途，非常遺憾，春分的擔憂全是多餘了。

一下火車，土公仔的徒弟就來接人，直接把「葉大師」恭恭敬敬的迎進飯店裡，第二天凌晨，那徒弟又恭恭敬敬的開著車過來護送。

土公仔的徒弟說他開山路開習慣了，技術好的嚇人，爬山像開平地一樣穩。徒弟說這山上的桃花林很有名，現在有民宿，山路早開通了，只有最後一段路，得爬一小段的山，也就是四十分鐘左右的路程。

一下車是覺得冷，但爬了一會兒山路，汗就流下來了。抵達墓地之時，天色正好微亮。霧氣散開，陽光普照，空氣清新，連遠處的城市都看得一清二楚。春分不由得感嘆這個墓地的位置實在太好，環抱在滿山綿延的綠蔭中，可以想像春季盛開之時，整片山被桃花淹沒，該有多粉嫩漂亮。

與土公仔同行的命理師一見到他們，便興奮的迎了上來：「大師果然夠力，您一出現，這一帶都鎮住了。」

當然，他喊的「大師」是指春分。

春分只得露出一抹高深莫測的微笑，好掩飾自己的尷尬。

除了開棺的一行專業人士外，遠處還有一群人，說是事主，還有家屬等等，命理師解釋道，在他們開完棺材，確定沒事之前，不會讓他們靠近這裡，以防節外生枝。

至於這棺材能不能開，就要有勞葉大師的指示。

春分用求助的眼神，默默望向那群鶴。那些鶴倒是挺歡樂，在那邊當閒雲野鶴，郊遊似的，沒半點緊張感，

遠遠的，他看見葉三手裡拿著包肉乾，也加入了那個和平的郊遊行列……

也許如鶴所反映的，這棺材根本沒什麼事。

閒在旁邊也是頗有罪惡感，春分乾脆動手幫忙把挖出來的土移走，還有幫忙土公仔的徒弟打雜之類的。

和春分這個大外行幻想出來的完全不同，他還以為會把整個棺材從墓穴裡吊出來，再好好的把棺蓋打開，但在實際執行上行不通，因為棺材埋得太深了——原本下葬時應該沒這麼深，是經年累月的變化，上頭的土多了幾層，才變得這麼深。

要把棺材整個弄出來，工程實在太浩大，師父於是使用簡便的方法，就是在棺材上面挖一個井道，挖到棺蓋的上方，之後在棺蓋上打個洞，往裡頭看看就好。

挖到超過一個人的高度時，師父的鏟子終於敲到了棺蓋。

「有了！有了！」洞底傳來大喊。

百年前貧民用的破爛棺材，就幾片木板釘在一塊兒的那種，竟然還留存著！師父開始小心的

撥掉棺蓋上的土，卻撥出一堆樹根。

「這怎麼回事？」

「根！全是根！」

春分攀在井道的邊緣往下看，看見了一個怪異的景象。

他們全停了手，不敢再挖掘。

不是不能再挖，是不敢挖，怕繼續動下去，會有壞的影響。

他們見到樹根像是血管一樣，又像是在保護著這個棺材，密密麻麻的在地底下將棺材層層包裹，纏成一個繭型。

這下子不用開棺了，也挖不開，只得直接從樹根的縫隙中往內看。

土公仔拿手電筒去照，又拿鏟子去敲，只見一些大塊的骨頭從土裡凸出來。裡頭有一顆被樹根纏繞的頭骨，一條樹根正好從頭骨的口中穿過，伸進體內。像極了林男所遇到的病症。

「等等，這個不是根阿。你看，有葉子。」

土公仔的表情嚴肅，打著燈繼續看，春分也看見了這不可思議的一幕。

幾朵桃花蜷縮在黑暗的一角，說是蜷縮，是因為那花實在是皺成一團，發育不良似的，和正常的花朵相比，可能還不到一半大，因為沒有日照，呈現出病態的白色。

這棺材明明埋在深不見底的黑暗，桃花枝竟然在棺材的縫隙裡，抽芽開花。

這實在是太驚人了。

遺骨被樹根緊緊纏繞，今天是絕對沒辦法拿出來，告知了家屬後，事主在家中長輩的陪伴下，說想過來看一眼。

他們還真的就只是看了一眼，什麼也沒說，就這麼離開了。

最後商議之下，決定先把墳填回去，再從長計議。

※※※

「非常感謝您。」命理師又是鞠躬又是道謝：「真是百聞不如一見，今日我也是開了眼界了，這一點心意，還請您不要嫌棄。」

又是一包紙磚塊。春分是趕忙想推回去，又被對方推回來，強硬的塞進了春分的手上。

這時春分的身後幽幽的伸出了一隻手，非常自然的從春分手上拿走了那磚塊，收進了自己的包裡。那是從頭到尾都在旁邊玩的葉三。

見錢已經給收下了，命理師也打開天窗說亮話，趕忙補述了自己的要求。

「大師。如果可以的話，能否讓我看一眼就好，就是那個，」命理師壓低了聲音道：「麒麟角。」

「小鄭！別這樣！」突然那土公仔師父斥喝了一聲。

麒麟角？

春分聽得是完全不明白，不知道他們在講什麼東西。

土公仔師父嘖了一聲，瞪向那命理師，罵他沒規矩。

「沒關係的。伯伯。」

葉三靜靜的開了口，挽起袖子，露出了手上戴的一串珠子。

那串珠子有各種顏色，其中有一顆形狀不漂亮的珠子，像是手工磨的，不是很圓。深黑的顏色，上頭有些珊瑚似的孔洞，講不出具體是什麼材質。

命理師看得是瞪大了眼，拚命的扶眼鏡。

※※※

我問春分，麒麟角是什麼玩意兒？春分說，就是字面上說的，是真的麒麟的角。

麒麟的額上有一角，做為世上最祥瑞的神獸，那隻角是頂級的辟邪之物。

那顆黑色珠子即是麒麟角磨成的。就算只是一顆拇指大的珠子，也擁有極端的影響力，所有的凶厄災禍，只要有這顆珠子在，都能無事化解，而且這化解的能力，是以「場域」來計算，也就是說，當時那座墓及周遭一帶，全都在麒麟角的保護之下。

有這麒麟角鎮住場子，無論這棺材開下去，出現何種凶險，破壞了什麼風水，都能保證平安收場，事主也能全身而退。

這種神物，當然不是到處都有，據說自黃帝以來，世上也只尋過一隻麒麟角，給人分成了數份，其中一份磨成珠子，落在葉家手裡，也只有葉家肯出借，還是看人在借，像是這位土公仔師父是他們葉家認識的，有這層信任關係在，他們才肯，否則一般閒雜人等上門，他們連看都不給看。

因為這東西太神祕了，就連行裡的人都不太相信，一般都只認為葉家手裡有個厲害的傢伙，但不可能是真貨，只是取了個麒麟角當名字，就好像太陽餅真的好吃，但裡面沒有太陽一樣。

不過葉家手裡的，的確是真貨。

聽了這事，我不禁評論道：「所以他有這麼厲害的東西，你被猴子襲擊的時候，為什麼不救你啊？他對你還真是挺冷淡的。」

春分的眼裡，頓時是閃過了眾多九死一生的回憶，欲說還休，只得悲慘的做了個簡單結論：

「他對我冷淡的地方，可多了。」

我倒是挺樂的，因為這表示，我後頭還有很多別的故事可以聽。

※※※

這事接下來的後續，要到大半年後。

有個年輕人提著一盒茶葉上門拜訪，春分一眼就認出，他就是當天的那個事主。

事主上門來找他們談事情，當然也順道把開棺之後的事一併交代了。

綜合了他的夢境，還有眾多發生的事情，故事拼湊了出來，命理師四處去調查了下，他認為，這個山頭，原本就有一批原生的古老桃花林。

本來就有一片原生的桃花，在這個山區居住的前人們，又繼續在周邊種植桃花，最後變成一整個山頭的桃花林。

可是以前的人，吃都吃不飽了，哪有力氣去搞桃花？又不像現在，還能弄個觀光民宿，那麼，他們會花力氣在這上頭，肯定是有原因。

附近地脈的靈氣很盛，他猜測，這兒可能有成精的桃花。

可能桃花妖給過居民恩惠，居民做為感謝，才會大量種植桃花，並將桃花林留存起來，不去開墾。

後來這桃花妖不知怎的，對一名居住在此地的男人，產生了特別的感情。

她什麼也沒做，就只是守護著男人，還有男人的家園。

男人死後，仍不捨的守著男人的棺木，眨眼間，就到了現代。

事主是男人的後代，長得和那男人特別的像，在桃花的眼裡，也許是誤以為男人回來了，或是當他是男人的轉世，她太過思念那男人，這股意念影響到了事主。

一般人心中的桃花妖，就是戲劇裡的那樣，是穿著飄逸古裝的美女，但這邊的桃花妖並不是如此，只是一個附著在自然界的意念，沒有形體，乘著地脈的靈氣而生，只要找到她的本體，要摧毀她是非常容易的一件事，但相對的，去抹殺這種精靈，會得到相對的報應，桃花可能也守護過事主的祖先，不能冒著動到家運的風險去對付她。

那麼，就只好斷了事主與桃花之間的緣份，才能讓事主回歸正常生活，家屬找了法師給事主做法，並告誡他，往後千萬不要再上山，只要別再踏進那山裡，就不會被桃花給找著。

在那之後，事主真的痊癒了，咳出的花瓣與整晚的夢境，全都消失無蹤。

原本應該要慶祝自己重獲新生，他卻反倒覺得十分的失落。

其實打從一開始，他就沒有感到害怕。

和身邊的家人不同，他每晚都做著夢，那些夢境應該是桃花的記憶，從那些安靜的夢境，他感受到了來自桃花的心情，那綿密漫長的眷戀，以及男人離世之後，深切的悲哀與寂寞。

之前他因為不斷的咳嗽，沒能好好的思考，現在身體痊癒了，細細的去回想當初感受到的情意，雖然那份感情並不屬於他——桃花愛上的，是另一個與他長得相像的祖先，他應該要就此擺脫這一切才是正確，但他發現自己做不到。

他對那從未謀面的桃花，產生了感情。

「我想見她一面。」事主這麼說道。

這樣也許就能釐清自己的思緒。之後究竟要逃走，還是面對，他想要自己決定，他家人當然是反對他這麼做，可是不去見她一面，想著那桃花依舊在山裡等待著，他這一生都會無法放下。

事主努力的打工，存了二個月的薪水，還賣掉了自己身上值錢的財物，湊了一小筆錢，並且保證如果不夠的話，往後會再陸續償還。

他拜託春分和他走這一趟，陪他上山去，尋找那株桃花。

「你確定要這麼做？」葉三問道。

一向很少發表意見的葉三，竟然主動坐下來，和事主談了會兒，面色凝重：

「你已經被纏過一次了，這次再上山，不能保證回得來。就算回得來，你的身體被精怪的氣息侵蝕，你……可能不能再……」

他的意思是，事主恐怕會被拉往精怪的一方，不能再做普通的人類。

春分聽了，也是一愣。他明白葉三的意思，這不能再做普通的人類，指的不光是身體的變化，甚至是他在人類社會的一切，都可能要失去，父母、朋友，乃至將來的一切，婚姻，工作，生老病死，都將偏離人類的範疇，從此在世上零落孤獨的生活。

更甚者，是永遠自社會消失。在日本，有個叫神隱的詞，就是包含著這樣的現象。

事主還很年輕，只是個學生，他能明白這後果嗎？

就為了一段感情，孰輕孰重？聽在春分的耳中，他也是反對的。

葉三同樣也拒絕了事主的請求，只是給了但書。

「十年之後，若是你還想這麼做，你再過來。」

他親自提筆寫了張單據，交給事主，做為保證。

※※※

「最後他有回來嗎？」我問道。

春分搖搖頭。幾年後，他收到一封信，信裡是那張葉三寫的單據，事主將它退還了回來。

因為已經不需要了，信件裡自述，那事主終究沒能抵抗住誘惑，找了別的術士帶他上山，事情進行的並不順利，一如葉三所提醒，他的身體受到很大的傷害，現在過得相當不好，已經沒有辦法親自前來拜訪。

但字裡行間的話語，表示著他並不後悔。

這樣就好，信裡的他說，他寧可如此。

四、買命

葉家往來的客人，多半是口耳相傳的熟客。有時店裡會來些專程過來嗑瓜子的傢伙，就是來店裡逛逛，找店主聊聊天，交個朋友，買貨也賣貨。

客人來了，就要招待，古董店的慣例，就是泡茶，加一些瓜果點心。春分說，這些客人多半不挑剔吃的東西，但對茶非常挑剔，他後來才明白，這就是個面子問題。

他們做生意的，派頭很重要。你懂茶才能顯示你的檔次高，品味好，和第一次見面的人沒話題聊，手裡端的茶就是個切入點，品著茶論個兩句，從對方的言談反應，也能大概的評判對方的性格。

做為店裡的小少爺，葉三從小就磨練了一手泡茶的好手藝，他沏得好，自己也愛喝，幾乎是每個客人坐下來，就是先誇一輪，接著一杯接著一杯。

葉三不知是被誇習慣了，還是要裝個樣子，對於這些誇獎，總是擺個冷臉。

他平常喝的也不是多貴的茶葉，春分問過他訣竅，他道就是水好，茶溫妥當，原來後頭山壁上有個很小的山泉，水質極好，他們街上的幾戶人家偷接了分了，葉三還一臉鄙夷的透露，說轉角那間茶店也和他們接一樣的水，仗著水好，用劣質茶葉泡了一壺幾千塊的賣，簡直是黑心商店的表率。

春分心想，你這水也是偷接的，哪有資格說人家，但心裡想想，嘴上是乖巧，就怕以後葉三不泡茶給他喝了。

我問葉三，那有沒有見過讓他印象深刻的客人，他想了想，說有。

這位客人是他最初認識的熟客，為了這傢伙，葉三特別給他上了一課，不過即使心裡有了提防，後來還是吃了大虧。

所謂做生意，就是有來有往，生意做不過你的客人，就是虧，但奇怪的是，即使這傢伙如此的棘手，後續還惹來了一堆麻煩，春分卻還是和這人持續著孽緣一樣的關係，無法擺脫掉。

我看著春分提起他時的神色，就明白他所謂的無法擺脫的孽緣是怎麼回事，那就是他雖然受到了這人不小的困擾，卻期望著能和對方當朋友。

我並不看好這樣的關係，通常會發生這樣的情況，都是因為一方特別的有魅力，吸引著別人和他來往，但朋友之間，講究得是一種平衡，飛蛾撲火的關係，終究只會招致單方面的毀滅。

不過就春分對葉三的態度來說，我想他這個人，可能有一種微妙的受虐傾向，事情會怎麼發展，很不好說。

※※※

當時春分還沒來店裡多久，那客人想必是消息靈通，來時帶了些禮品，說是來給新的鶴主拜碼頭。

很奇怪的是，那客人的穿著和談吐都很一般，一雙眼睛卻用粗麻布條矇起來，就那是種喪禮時會用的粗麻布。一雙眼睛用布條綑得密密實實的。但他的動作又非常普通正常，沒感覺到他遮住了眼睛。

而最怪的地方，就是如果有個人以這樣的造型在你眼前出現，正常人肯定會覺得古怪，當日的春分卻一點都沒這種感覺，是事後想起來才察覺不對。

客人喝起了茶，話匣子就開了，說他這趟過來，還順道與一位事主見了面，那個事主姓黃，這邊叫他黃先生。

春分一聽就曉得是誰，這人是個科技新貴，賣專利賺了非常多錢。

春分也勉強算是個工程師，對同行的八卦就有點興趣，客人也不避諱，就要講給他聽。

說這位黃先生前陣子結婚，迎娶一位名門大小姐，當然，就算是像他這樣的大人物，婚禮上還是不能免俗的要播放一些影片，就像是新郎新娘小時候的照片、家人的照片，或是有回憶性質的紀錄什麼的，賓客基本上都喜歡看，再搭點溫情的音樂，氣氛很容易就能炒熱。

這部分是由籌辦婚禮的公司負責，他們就去和黃先生要一些照片，採訪一下他的生平，準備寫一些感人的小文章配在影片裡。

黃先生現在是個富翁，但他小的時候，家裡非常的貧困，窮得都沒飯吃了，根本不會有什麼全家開心出遊的照片，勉強找了幾張，還是小學校外教學時，老師好心幫忙拍給他留念的。

他一邊翻著照片，一邊回顧自己的前半生，又是感慨又是苦笑，他也逐漸的梳理了下自己的兒時生活，想起了自己過世的父親。

對於自己的父親，黃先生的印象已經不深了，只記得他是個非常好的人，非常疼愛兒子，只是就是窮，他們家裡的窮，不止一代二代，長年累積下來的窮困和債務，讓黃先生的父親窮上加窮，毫無翻身的希望，但在那年，一個轉機降臨了。

不知道是去賭博還是怎樣的，黃先生的父親贏了一小筆錢，這筆錢把家裡的債務還清了，還剩下一些，足夠讓黃先生順利的讀完大學。

可惜留下這筆錢後，沒隔多久，黃先生的父親就過世了，說是一個小感冒引起的肺炎，後來沒能享到清福。

黃先生想把這段人生轉折放進婚禮的影片裡，可仔細想想，他並不知道父親當年到底是從哪兒贏了錢，便去詢問母親，黃先生的母親卻一口否認，說那筆錢並不是賭博贏來的，而是一位親戚留下的遺產，但具體是哪個親戚，她實在也忘了。

這下子可把黃先生聽迷糊了，所以這筆錢究竟是哪兒來的？黃先生本身就有一種不將真相釐清便無法罷手的偏執狂，否則他日後生意不會做得這麼大。他不能允許自己的人生出現一個這麼不清不楚的謎，好在這也不是多大的問題，只是一筆金錢的流向，他就花錢找了個有名的徵信社，讓徵信社去給他調資料。

事情不急，他也沒放在心上，怎知道二個星期後，徵信社的老闆很著急的打電話來，大罵他道：「你到底是讓我查了什麼？」

黃先生心想，不就是找一筆錢的流向嗎？去銀行調一下還能怎樣了？原來徵信社的老闆也是派他的員工去銀行調資料，這員工突然死了。

「死了？」黃先生滿心疑惑，這員工死了，關他什麼事？

繼續聽下去，才知道這員工突然就不來上班了，打他電話也沒接，其他同事覺得奇怪，去他家敲門找人，發現他就死在床上，雙手抱在胸前，扭曲得像麻花似的，死前肯定是經歷了極大的痛苦。而他的床頭邊，竟然擺了好幾大捆的鈔票。

徵信社的其他同事都曉得，這人非常窮，每個月薪水大半都拿去還信用卡的欠款，平常吃都吃不飽，怎麼可能藏著鉅款。

更令他們發毛的，是那些鈔票綁得整整齊齊，每一捆的第一張，都是一張老舊的冥紙。

這名員工沒有家人，憑藉著往日同事的情份，同時也是覺得這事詭異恐怖，就這樣撤手不管，怕惹禍上身，徵信社的同仁們決定湊錢替這位同事辦喪事，當然是出自己的錢，枕邊帶著冥紙的鈔票，沒人敢碰。他們還請了師父過來念經，那師父一看，悄聲嚷道：「是買路錢！」竟然就假借說要去洗手間，直接就跑了。

搞得那房間的東西沒人敢清，房東一直抱怨，徵信社的同仁們本來想說都出錢幫忙辦喪禮了，已經是仁至義盡，而且清理遺物本來就是房東的責任，怎樣也不該找上公司，沒料到房東發起狠來，竟然把那人的遺物裝箱，直接郵寄去公司，逼他們處理。

於是一鼻子灰，公司說要告那房東，房東也不怕他們，二方就在那邊隔著電話互相叫囂。

黃先生越聽越覺得這些事和他一點關係都沒有：「所以托你們調查的那筆錢，你們查出來沒有？」

「我們不查了！」那位徵信社的老闆，老大不高興的罵道。

事後回想起來，料想是徵信社的老闆已經察覺到某些不對勁，才藉故拒絕了這個案子，就黃先生的立場而言，不管是徵信社出了人命，又或是和房東鬧上法庭，這根本就和他沒有半點關係，竟然用這種理由拒絕掉他的案子，簡直是不負責任又荒謬，只是對方承諾將調查費用全數退回，以至於他也不能再多說些什麼。

他順口將這事當成閒話，和他的會計師聊了聊，沒想到對方竟然說：「我有聽過這種事。」

黃先生嚇了一跳！會計師又說，他一家三代都在銀行做事，也是親戚閒聊時聽到的，說是多少年以前，有個富人要領一大筆錢，還全部都要現金，怕是要做違法的勾當，按照規矩，那時的銀行經理就提著水果去拜訪了下，想知道他要這麼多現金是要做什麼。

那位有錢人悄聲道，這些錢是「買路錢」。

買路，就是買條活路，是買命的意思。

銀行經理覺得老人家糊塗了，在那邊和他開玩笑，就反問道：「你說買命，要上哪兒買，是誰賣的呢？」

老人家說，是和陰曹地府的鬼差買。有人買得起，就有人肯賣，很多人恨不得把自己的命拿來換錢，有人有錢卻沒命花，他這麼有錢，只想多活幾年，就是各取所需而已。老人還向經理說道，看你這人也挺好，我很欣賞，若是你想買，我能給你介紹。

銀行經理也只當老頭子在講瘋話，那老頭子後來又活了十年，九十幾歲才走，也不曉得是不是當真買到了命。

這故事也是會計師小時候聽親戚講的，親戚又從同事那邊聽來的，故事中的人究竟身分為何，已不可考，會計師又道：「這人突然死了，身邊又多一大筆錢，說不定就是把命賣給別人了。」

會計師只把這當鄉野趣聞，但黃先生聽了，卻是全身發顫，腦子裡明白了什麼，他立刻回家，要他的母親好好想想，當年父親帶錢回來的時候，錢上面是不是有夾冥紙。

母親疑惑了下，回答道：「你怎麼知道？我當初就是看那錢上面有冥紙，覺得很不吉利，你爸才和我說，這是他一個遠親的遺產，在喪禮後給人家拿回來的，所以綁了冥紙。」

答案是呼之欲出，黃先生的父親，當年賣了自己的性命，換了錢！

徵信社的員工肯定是透過調查，找到了給人買賣性命的「鬼差」，把命給賣了。

想到這兒，黃先生一下子激動了起來，他十分想印證這個故事的真偽，究竟是他自己推論出來的幻想，或是真能見上「鬼差」一面，而他最想知道的，是什麼人竟然買走別人父母的性命。人命豈是能這樣隨意買賣？就算是他父親自己賣的，於情於理，他也不能原諒對方。他要把這件事揭露出來，還想找到買他父親性命的人，向對方復仇。

抱持著這樣的想法，他立即打電話去之前委託的那個徵信社。

如果老闆沒有騙他，那麼之前死去的徵信社員工手裡，肯定有什麼線索，他想要那個員工的遺物。

電話響了一整天都打不通，他驅車前往徵信社，才知道徵信社的老闆竟然失蹤了，員工們怎麼都聯絡不上他。

老闆帶走了那幾箱遺物，就此人間蒸發。

※※※

故事到這邊告了一段落。

「黃先生請我來尋人，找那位『鬼差』。」矇眼的客人笑道。

「有找著嗎？」

「不算找，那傢伙原本就是我朋友，我也不能出賣他，就安排他和黃先生見個面。」

春分心想，黃先生和鬼差見了面，豈不是要和對方拼個你死我活？

但矇眼人的表情告訴春分，結果不是這樣。

矇眼人道：「……黃先生這麼有錢，自然是買的一方。」

「他買了？」

「黃先生的母親，頂多就剩五年陽壽，我們就問他買不買，可憐吶，你真得見見他當時的表情。」他似乎覺得這是件好笑的事。

黃先生的父親，因為賣命而死。

黃先生充滿憎恨，原本想要找出鬼差復仇，卻在母親的性命前屈服，成為了買命的一員。

事情會這樣就結束嗎？今天為了母親買了一次，下回難道不會為自己的妻子兒女買命？難道不會幫自己買命？

只是後頭的事，尚未發生，也未能有定論。

矇眼人嘻笑著一攤手，「故事講完啦。那麼……」

他似乎還想說些什麼，就在這時，原本一直靜靜的在後頭泡茶的葉三，從菓盒裡拿了塊棗泥糖，塞進矇眼人的手心。

葉三冷淡道：「謝謝你的故事，這是回禮。」

矇眼人唉的叫了起來，隨即大笑，把那塊糖吃了。

送矇眼人離開後，春分突然醒了過來，回想矇眼人的模樣，一般人應該是不會用這種邪門的造型出門，葉三淡淡的回他：「那是當然，他那個模樣，人是見不到的，就算見了面，也記不住他的長相。」

話的意思，就是這貨並不是人類。

春分這才想起，自己明明有聽見矇眼人和他自我介紹，現在怎麼也回想不起他的名字。

他又告訴春分，所謂的故事，在他們妖物間，是一種情報，是有價值的。像這樣的客人，如此大方的分享自己的見聞，說完之後，必然要索取某些報酬，葉三習以為常了，不會讓他們在店裡撒野。

矇眼人也許是想試試水溫，看這位新的鶴主會不會上勾，可惜沒得逞。

※※※

葉三都叫那人「饕餮」。料想他也不是真正的饕餮，應該只是個假名。

春分給我講了這麼多故事，我問他道：「你給我講這麼多故事，是不是哪天要和我討報酬？」

春分哼了二聲，說我早和他欠了一屁股債，要我快點拿點畫來，我再不給，他要收利息了。

我反嗆他道，你說那一點故事，都不夠付零頭的，還想買畫，給你幾張白紙就不錯了。

沒料到他竟然開始自顧自的開起了規格，說要一面牆這麼大的畫，要彩墨的，最好是畫條龍給他，還要一個超低的價格。

我聽著只想把這個想撿便宜的傢伙趕出去，他又隨口關心起了我的手，問我的手是不是還很疼。

當時我的手狀況並不好，只是我不願意承認。

那時的痛苦與不安，即使是現在回想，仍舊心有餘悸，都不知道是怎麼撐過那樣的痛楚，點滴管裡掛著止痛藥，鎮日精神恍惚，不知日夜。

但就算是如此，我仍然拿著筆。

為我帶來如此巨大的痛苦的，是畫這些畫，而唯一能支撐我克服這巨大痛苦的手段，卻仍然是作畫。

我根本不在乎春分對我的憐憫，我只在乎我的畫。

五、渡劫的石妖

春分在葉家又陸續的接了幾個工作，自然後頭都是由葉三在安排，在心態上，他是有點無奈，一來他對這個圈子是一無所知，但最主要的原因，還是葉三那少根筋的個性，令人不安，他只得隨時懷抱著各種求生意志，提醒自己隨機應變。

這回找上門的是一個命理師，他帶了個包裹來，想讓葉家為他看看。

命理師一進門，葉三的表情就不對，那包裹就是個普通布包，裡頭卻散出一股古老的霉味，講不清楚是什麼不對勁的味道。包裹一打開，春分整個人嚇得往後跳，這動作把帶包裹來的命理師都給嚇著了。

那包裹裡，裝的竟然是人的屍塊！

定神一瞧，那屍塊是斜切過半個肩膀，還帶著一部分的鎖骨，簡直是像屠宰場用電鋸砍出來的，血腥到讓人難以接受，他看向命理師，臉色慘白，不明白他怎麼能若無其事的把這種東西帶在路上。

回過來神，春分的第一個反應，竟然是不想給葉三看見這麼恐怖的東西，不顧包裹糊滿了血，就要去把它蓋起來，伸手一碰，卻發現這東西很硬，觸感和肉塊完全不同。

葉三不知從哪兒跑了回來，拿了幾片榕樹葉子朝屍塊上一撒，突然那屍塊消失了，包裹裡的東西變成了一堆碎石。

剛才碰到包裹時的觸感，的確是碎石沒錯，見到春分迷惑的表情，命理師知道自己找對了人，解釋道：「能否請鶴主幫忙，處理這個妖物。」

「……這是什麼玩意兒？」春分不禁問道。

葉三反問：「你看見了什麼？」

顯然他和命理師二人，從一開始就只見到一堆碎石。只是幸虧葉三經驗老道，猜到春分看見了不一樣的東西，才去找了榕樹葉來應付。

是說視妖這種能力，不是人人看見的都一樣，隨著機緣或是能力的強弱，能看到事物不同的層次，也是很自然的。

視覺反映著認知，春分對這東西的認知，便是屍塊。

這石塊恐怕是某個妖的本體，而這妖又已經死去。

命理師道，石塊原本被擺放在一個社區的路上，他的確是個妖沒有錯，要知道妖也有各種的性格，性格通常與他們的生存所需相關連。

掠食者屬性的，喜歡吃人，因為做為一個掠食者，自然要站在食物鏈的頂端，這吃人不是因為人美味，而是天生就會去取得這個地位。

植物類的多傾向與環境共生，山川河海，則多出精靈，人們說自然無情，此類的精靈卻又多為人貌，善溝通，情感激烈。那是山川原本就沒有喜怒哀樂，想要成精，必然要補足缺乏的部分，他們的修行，便是去體驗情感，實現情感，直到能超越這些七情六慾，達到完整的境界。

以這塊石頭為本體生出的妖，雖然年輕，也已明白了一些人類的情感，能夠化為人貌，與人往來。

這時這妖卻陷入了一個迷惘，在他所落腳的這個社區裡，搬來了一個小女孩。

石妖天天觀察人類，小女孩每天上下學，必然會經過他身旁，小女孩的靈魂很罕見，是空洞的，她有意識，身體也健康，卻沒有感情。

的確有少數人天生的感情淺薄。又或是幼時所受的刺激不夠，感情發展得非常欠缺，也有成人後因為傷病意外，突然失去情感的案例。但天生完全沒有感情，就連自己的事都沒有任何感受的人，是極端少數。

女孩已經到了唸小學的年紀，人的感情沒有在她身上萌芽，她過著日復一日沒有喜怒哀樂的日子。

她的家人並不關心這件事，還覺得小女孩乖巧，不哭不鬧，豈知她是根本沒有感受。

石妖察覺了這件事後，做了一件事，不明白他是怎麼想的，是覺得這女孩可憐，又或是想在她身上做個試驗？總之他這麼做了，他將自己的感情，借給了這個女孩。

得到情感的小女孩，內心突然有許多想法湧出，她感受到了許多東西，最初是對父母的親情，接著她感受到自己的存在，體會到與他人的聯繫，世界一下子變得非常的豐富。

她並沒有能看見妖的天賦，但憑著借貸情感的關係，她模糊的曉得，自己的感情是石妖給她的。

許多人的一生，特別是童年時期，都有與妖物接觸的經驗，只是無法明確的認知，記憶也是模糊不清，在潛意識裡，女孩知道石妖的事情，不過若要問她，她又會以為是自己的妄想，就像許多小孩，他們認為自己有一個幻想的朋友，或是覺得自己有前世，可又沒法去證明，人長大了，從此失去了印證的機會。

就這樣，女孩一天一天的長大，隨著年歲增長，她經歷了許多痛苦的事，女孩的一生並不平順，眾多的無可奈何與悲傷，幾乎要將她壓垮。

諸多的痛苦逼得女孩回想起了某些事。

她模糊的想起了石妖，回想起自己還是孩子的時候，曾是個沒有感情，不會感到痛苦的人。

不想再受感情的折磨，女孩來到了石妖的面前，堅定的祈求，要將感情還給石妖。

石妖收回了她的感情，沒隔多久，當地便傳出了鬧鬼的傳言，當地居民說，聽見路上有哭聲，卻看不見人。

那鬼其實就是石妖，居民請了認識的命理師過來看，命理師抵達時，那石頭竟已經自己碎掉了。

不知道該怎麼辦才好的命理師，只得裝了一部分的碎石過來找葉家求助。

後來春分自己對這事的解釋，是這石妖收回了女孩的情感，卻無法承受。人類的一生和石妖不同，人類的壽命短，一生忙碌奔波，受的刺激也多，更何況女孩是在極度悲傷的狀況下去還回這份情感，石妖無法理解這麼沉重的情緒，於是崩潰了。

有修為的妖物死去，對周遭會帶來一定的影響，基本上是好的循環，其他弱小的妖物會來吃食屍體，當地會變成一個小型的巢穴。屍體肥沃土壤，新的生命也會茁壯。

不過這石妖所在的地點，是人類的社區，發生這樣的循環，當地的人類可能會落得陪葬的下場，得把石妖的屍塊移走才行。

這回他們連門都沒出，葉三打了個電話，就說搞定了。

他打給上回來店裡拜訪的饕餮，不是委託工作，而是通知他哪裡有好吃的。

「那傢伙會去把剩的吃乾淨，沒我們的事了。」

春分心裡浮現出吃石頭火鍋的畫面。

難怪那傢伙會被叫做饕餮，連石頭都吃。又或是在饕餮眼裡，那不是石頭，只是單純的肉塊？

命理師帶來的那一包裹碎石，葉三就收了下來，做為這次仲介的酬勞，擺脫了這包裹，命理師非常高興，連連道謝後離開了。

葉三讓春分把碎石分成小份包好，說剩的可以賣給其他客人，這東西的銷路好，但不能在店裡存太多貨。

問他說這東西具體可以做什麼？葉三想了想，他讓春分拿一小包碎石，去灑在轉角那間茶店的門口。

沒隔幾天，茶店老闆的兒子氣呼呼跑上門來，質問是不是葉家在他們店裡搞鬼。說是一整天門口都有陰影來來往往，收到的錢還變成了紙灰，把店員都給嚇壞了。

不曉得他們是得罪了葉三什麼，就看葉三笑了笑，笑起來還真是非常好看。

六、海底藏酒

葉三想必是長得非常好看，舉凡長得好看的人，在別人口中都有一個特色，就是無論他做了多麼荒謬的事，對方講起他的時候，至多就是搖頭嘆氣，說是可惜，而很少會提出自己的意見，認為對方應該要怎樣做才對。

因為長得好看的人，做什麼都是對的，自然無從去指正他。

春分聽了我的意見，深思了下，大約是感受到自己有多麼愚蠢，不願再兜著這個話題打轉，話鋒一轉，反過來斥責我人小鬼大。

葉三囂張，卻沒半點事沒有，我稍微大聲點，就慘遭斥責。這可是再再印證了我說的話沒錯吶。

石妖的故事，春分後來和一位朋友聊了聊，那朋友說，這妖應該是在渡一個劫數，這感情就是他的劫，可惜沒有渡過。

我問春分，若真渡過了，會怎麼樣呢？

春分想了想：「會變成石頭仙人吧。」

「仙人是什麼樣子？會飛嗎？住在仙山上嗎？」

「我也沒見過仙人，不過，我聽說過仙人的故事。」

這個故事是葉三說給他聽的。

葉三的店就是他的家。所以裡頭藏了許多前幾代留下來的私人物件。在店裡的抽屜裡有許多的書信，還有筆記，都是些很老的東西，有那種很薄的航空信紙，還有那種早年品質不好而發黃發脆的明信片。

有張照片就夾在裡頭，是古早時有白邊框的相片，照片很古老，本身也照得非常模糊，幾乎整片都是黑的，只能隱隱約約能看出是一間四合院，是從四合院的上頭空拍的。

葉三看了這照片，有點開心，他道：「這是神仙的房子。」

他說小的時候，他爸爸曾講過這間房子的故事給他當做睡前故事，算是葉家版的童話。這是葉三的爺爺曾真實經歷的事。

雖然春分想知道的是關於葉三的父親的事情，不過有他爺爺的事情聽也不錯，他就催著葉三告訴他。

爺爺的名字叫做葉華。

有一天呢，有個客戶找上門來，說要請葉家的人過去幫忙，地點是南部一個很偏僻的海邊漁村，說是有二個潛水伕失蹤了。

潛水伕失蹤，那應該報搜救，找專業人員來救，怎麼會找一個賣古董的呢？委託他的人到旅館和他碰頭，將事情的前因後果告訴了他，他說，他們在海底見到了龍。

「龍？」葉華皺起眉頭。不懂是什麼意思。

「您知道這棟房子嗎？」

委託人遞了這張照片給他，模模糊糊的照片，上頭有間更模糊的四合院。

前因有一點長，是說這個委託人是個教授，他並不是正主兒，上頭還有個老闆，是個年邁的老富豪。老富豪非常的有錢，是個香港人，已經移民到加拿大去了，不過他還是長年居住在亞洲。

某天老富豪在吃飯聚會的時候，聽人說了一個故事，是說在俄羅斯那邊的海域，打撈出一艘商船，裡頭藏了二箱完好無缺的紅酒，紅酒在冰冷的海底保存了百年之久，拿到拍賣會上賣出了極高的價格。

老富豪一聽，對這事十分的憧憬。

在大海裡撈寶藏，又是百年沉酒，應該是觸動了老人家的某種浪漫，老富豪便心生一計，他想把自己的一些昂貴藏酒沉到海裡頭，等百年之後，讓子孫們去給他打撈起來，留給後世做一個趣聞。

對有錢人而言，名聲比金錢更難掙取，既然他想這麼做，底下的部下們就開始為老富豪這天馬行空的計畫張羅。

這往海裡沉酒也不是件簡單差事，必須天時地利人和才能保存得下來，否則隨意的往海裡一扔，酒被海嘯刮走、沉到泥裡、或是被人給偷撈了，這計畫就等於白廢。

為了選出最適宜沉酒的地點，老富豪的部下們還特意請來大學教授幫忙，大學教授為他們選了幾個地點，又找了風水老師做最後的評估，務求達到萬無一失的境界。最後折騰了一年多，終於選定了這個南方的小漁村。

小漁村的各項條件都堪稱完美，除了有一點很讓人在意，就是漁民們說，這個村子的海底下，已經有東西了，是一座海龍王廟。

部下們聽得很不可思議，漁民們就帶他們去當地的一座小廟，那座小廟裡，有一些千年前留下的石雕，石雕上刻著一個連環故事。

這是村裡自古以來的傳說，幾千年前（這年代或許有點誇大了），村子的海底住了位龍王，龍王的脾氣很差，時常騷擾村民，可是村子裡的人都是沒地方去了，才會住到這種偏僻窮困的地方，自然也只能想想辦法，看有沒有人能替他們安撫龍王。

他們推舉了村中一個年輕人，湊了點旅費，讓他去城市找有神通的師父回來。可是大城市的師父沒錢怎麼請得動？年輕人屢屢碰壁，就這樣四處旅行了好幾年，終於在一個海邊的道觀，找到一個有興趣幫忙的道士。

道士說這問題可以解決，他就去找了一個有錢人，假借去他家做客，待大家酒酣耳熱之際，道士把有錢人家的美酒收進了左邊袖子裡，又把有錢人的房子收進了右邊袖子裡。

他們回了村子，道士就把酒從袖子裡取出來，扔到海裡，那龍王一見到美酒，追著過去，這個時候，道士又把房子從袖子裡取出來，朝龍王的身上扔過去。

轟的一聲，龍王被壓在房子下頭，沉進了海裡頭，再也翻不了身。

道士臨走前，讓村民在當地的土地廟裡刻下這段故事，敬告後人，不要靠近龍王所在的海域，道士便離開了。

這故事很不有趣，也沒有神祕之處，道士不是某某神明的化身，也沒有要求要供奉龍王，在講究施與受的民間傳奇裡頭，很不合理，老富豪的團隊中有大學裡的專家，一聽這故事就不對勁，他又去那個小廟研究了一番，返回的時候非常興奮，他道，這個小廟裡的石雕，雖然保存得非常不好，不過看這雕工，絕不是貧困漁村的居民能雕得起的，而且這石雕的石材，也不是當地有的材料，這是非常耐久的高級石材，肯定是從別的地方特地運來的。

一切的一切都表示，做這安排的人，不僅有這方面的專業知識，他還有個明確的目的，就是要這個故事長長久久的保存下來。

專家又分析了這個故事，他說道，不覺得奇怪嗎？道士什麼都沒取走，他唯一要求的，就是不要靠近這個海域。

房子，美酒，有錢人，關鍵字都出現了，專家說道，是不是有可能，在千年之前，就有一批人先他們的腳步，看中了這片海，在這個海底藏了寶藏！

這假設非常大膽心細，又非常合乎邏輯，因為要知道，他們這批人會選中這個村落，是經過了無數的交叉比對與考查，務求沉海的美酒能完整保存，不受打擾，如果千年前有個團隊抱持著和他們一模一樣的目的，同樣做了精密的分析，他們幾乎有百分之百的可能，選在了同一個位置。

「這太荒謬，千年前怎會有這種技術呢？」團隊做科學的人很難相信。

「有什麼不可能？你看衛星雲圖才能曉得颱風要來，可是多少漁夫站在海岸邊就能知道颱風要來，還能曉得什麼時候來，風有多大。也許古代真有這麼幾個奇人，他們有著我們現在失傳的技術，做到了和我們現在一樣的事情。」

「這個石雕呢，就是千年前的團隊留下的，我們不要管千年前真正發生了什麼，我們要知道，口耳相傳是會出錯的，所以故事需要一個記載的載體，有些是文字，有些是圖畫，當人們開始逐漸忘記當年的事情時，他們會回去載體查詢故事的細節。」

當年的村民身歷其境，或是和對方有某種約定，所以不會靠近海域，可是時間久了，約定萬一失傳了，要怎麼辦？

這石雕便做為一個傳承，不斷的提醒著村民。

專家說道：「這就是石雕的目的。而這石雕又只有一件事要傳達：不要靠近這個海域。」

「意思就是，這個海底下藏著財寶，要漁民們不要靠近，免得被撈上來？」

「就是這樣！」

他們誤打誤撞的，發現了一個海底的財寶。

這批人立即決定要下水，帶著大燈，攝影機，全套裝備。果真，他們在漆黑的海底見到了神祕。

只是這神祕超乎了他們的想像。

在幾乎要照不到光的海底，他們見到了那間被道士給扔進海底的房子，那不止是一間房子，還是一間完整無缺的四合院。

整個團隊都愣住了，那四合院好像是從北京城裡完封不動的直接給送進了海底一般，每一個細節都如此的完好，白玉牆，琉璃瓦，紋飾青磚石板鋪成的庭院裡頭，還有一口老井，他們看得幾乎都要瘋了。

四合院在強勁森幽的海流中，沒有長出任何一點的生物，房子徹底是乾淨的，可說是一塵不染的狀態，攝影師趕忙拍了照，因為拍照的緣故，攝影師落後在潛水的大隊尾巴。

游得最快的二個人是大學的研究生，但就在一瞬之間，他們倆被一個竄出的黑影給咬了。

那是一個極其巨大的，長著黑色鱗片的生物，第一個研究生的呼吸管掉了，冒出大量的水花，攝影師當下就逃走了，後頭的事，就是二個潛水人員消失了，其他人驚魂未定的上岸，根本不明白自己遭遇了什麼。

「是龍王！」當地村民驚慌的說道：「要你們別去，看吧！」

當年最好的器材放到現在來看，那是簡陋到可憐，攝影師只拍到了一張稍微清楚的照片，就是這一張。

失蹤了二個學生，事情鬧大了，驚動了學校以及警察，可是這事就是可惡在這裡，這富豪是社會上有頭有臉的大人物，怎麼能因為一個小小的娛樂，損傷了自己的名聲？

潛水原本就是危險的工作，工作人員下水前也都簽了保密條款，結果就是以工傷的名義給家屬一筆賠償金了事，遺體沒有被找到，事情也被隱瞞了下來。

富豪藏酒的計畫轉移到別的地方繼續進行，只是當年做這個計畫的教授，對這件事是念念不忘，有天終於打聽到了葉家的事情，就跑來尋求幫助。

教授就是故事開頭的委託人，他姓梁，在大學裡研究海洋地質，本職是研究地震與挖石油的，不過這個專業對海洋生物也略有涉獵，要讓他做點基本的研究，是一點都不難，梁教授當年親眼在海裡見到了「龍」，自己也做了些調查，但他始終沒法確定自己見到了什麼。

海底的生物是可以長到人類難以想像的巨大程度，藍鯨是世界上最大的動物，體長動輒超過三十米，而其他能長到超過五米的海洋生物比比皆是，這代表著大海裡頭，時常能見到二到三層樓那麼高的動物，這在陸地上是難以想像的。

而現今最長壽的脊椎動物同樣也住在海裡，格陵蘭鯊確定能存活超過三百年，古老的巨蚌也能輕易的活超過二百年，海洋中的生物，其壽命與體型，都與陸地上完全不是一個等級。

在醫療不健全的古代，人類的平均壽命也就是短短的三十年，還不及格陵蘭鯊的十分之一。和這些古老巨大的生物相比，是渺小的可笑。

如果在這深海裡真有一條巨大到足以被稱作「龍」的生物，也不意外。

只是除了科學方面的知識，現在的梁教授更想知道關於民俗歷史方面的傳聞，這就是他找上葉華的原因，他非常想要再下一趟水，除了尋找自己失蹤的學生，他也想去看看那間房子究竟是怎麼回事。

葉華拿著照片，思索著這個故事，他身旁的鶴，突然有了反應。

葉華是葉三的爺爺，也是當時的鶴主，那些鶴指引他，找到了一個曉得這件事的高人，高人聽了廟裡石雕的故事，說道，他知道這個故事的另一半，很久以前，他曾進過一個古墓，古墓裡頭也有石雕刻成的故事。

高人說，那是中國成都的一個古墓，不是什麼了不起王公貴族之墓，就是一個古代的有錢人家的墓，是幾個盜墓賊挖進去的，裡頭的財物不多，普普通通，只是很奇怪的，一般來說，這種墓的墓室裡頭都該是壁畫，但這個墓不一樣，裡面應該是壁畫的位置，全部都換成了石雕。

這也不是聞所未聞，只是這石雕刻得太好了，人物生動無比，故事一氣呵成，就算是開這個墓的老盜墓賊，幹這行幹了幾十年了，也從沒見過刻得這麼棒的。

當時猜測這墓主人可能是喜歡石雕吧？他們沒有深究這個問題，就想問這石雕要是挖出去賣，划不划算，有沒有這個價值。

高人就去鑑價了一番，石雕裡講了一個故事，說某一天，有一個道士找上這個墓主人，說他找到了龍。看石雕上的樣子，道士指著遠處，遠處雕著龍宮，還有諸多的美女珍寶，這意思大約是道士要這個墓主人照他的意思做，他可以透過這條龍，把龍宮的珍寶弄來給墓主人。

墓主人答應了，這道士就和他要家傳的美酒，要把龍灌醉，又要墓主人把房子給他，他要把龍壓在底下。

墓主人是富翁，就都給他了，不過墓主人沒那麼傻，他跟著道士去海邊，要看看道士搞什麼花招。

這邊的過程就和小漁村的石雕一樣，道士制住了龍，只是這兒多了後續，道士奪走了龍口中的一顆明珠。

然後，就沒有然後了，道士帶著這明珠消失了。墓主人發覺自己被騙了，非常生氣，他四處尋找道士，卻怎麼也找不到，他失去了美酒與房子，也許還有大量的錢財。被欺騙的他成了家鄉民眾的笑柄，最後抑鬱而終。

高人當然是沒有交代這石雕是不是被挖去賣了，不過高人告訴葉華，你自己身旁也有鶴，你應該要明白，這世上有太多不能解釋的事，從這石雕看來，就算水底下的不是真正的「龍」，恐怕也是不得了的怪物，我們人在水裡，就和餌食沒有兩樣，你要自己想清楚，該不該冒這個險。

葉華又問說，那這個道士究竟是怎麼回事呢？

高人又道：「這是我的猜測，這道士，恐怕住在海裡。」

「住在海裡？」

「古代的道士想求仙，就在山上有靈氣之處修鍊，我們這麼想好了，有人能靠著山成仙，必然就有人得靠著海才能成仙。這道士是屬於後者，他向富翁騙來了錢財和房子，這都是小事，最重要的，是人要怎麼樣才能在海裡修鍊。」

高人說道：「道士奪走的明珠，恐怕是一種叫做瑞水的奇物。這東西我也只是聽過傳聞，說是海裡生出來的藍琉璃，藏在巨蚌之中，人戴著這東西，就不會被水溺死。

之後他告誡村民，不要靠近那片海域，因為他就住在海底，富翁當然也找不到他。」

人住在海裡，也未免太不可思議，太令人發毛了，想想海底的四合院，就當年目擊的潛水伕說，那地方乾淨得不可思議。

原以為是因為位置及海流的關係，四合院才會這麼乾淨，現在想想，莫不是因為那人還住在裡頭，有在打掃的緣故？

想想那些長命的鯊魚，動輒百年的壽命，難道那道士，如今還住在那裡面？

那樣的人，那樣的活在海底，變成了什麼樣子？

黑鱗的吃人巨物，沒準是看門狗之類的，保衛著這海底的修道者不受打擾。如果真是如此，要靠近那間四合院，就是送命的行為。

「如果他真存在著，還算是人嗎？」

「不是人，也許是仙囉。」高人輕描淡寫的回答。

因為推測出此行會有危險，葉華找到了梁教授，勸他就此放棄。當然大家都很想知道那海底四合院的祕密，裡面是否有珍寶，或是……

即使有，那又怎麼樣呢？那是有主人的東西，碰不得。

只是梁教授也有他的意思，他失去了二個學生，他得對自己的良心負責，必須下海去找。更何況，以一個做學術的人而言，他想探明神祕的四合院的真相。

他早就聯繫了一些有往來的友人，要組織一個探險隊下去，就算葉華退出，他們也會按計畫出航。

葉華反對他們下水，梁教授也不在他身上浪費時間，不再與他聯絡。

後續發生了什麼，就不清楚了，有好一陣子，葉華每天還會看看報紙，關心一下，若這海底的四合院真的被公開發表了出來，必定會有大批媒體報導，但始終沒有見到類似的新聞，這沒有消息，肯定就是失敗了。

好幾年後，葉華有次接觸到大學的考古隊，正好是梁教授的學校，便問起了梁教授的事情，可是那些考古隊的人都說不知道有這個人。他再也沒有聽說過梁教授的消息，好幾次他想去那個小漁村瞧瞧，但理智還是壓過了好奇心，他始終沒有成行。

關於這個故事的一切，就剩下手中的一張照片。

海底的仙人，也成了孫子的床邊故事。

※※※

我還是第一次聽到葉三說故事給他聽。在那以前，都是春分講自己的故事。這是不是表示，他和葉三之間的關係親近了？

葉三的手腕上有一串各色的珠子，春分只知道其中一顆是麒麟角，在聽了這個故事後，春分才注意到，這珠串裡頭有一顆像是碎了一半的桶珠那樣的珠子，那顆珠子是寶藍的顏色，像是表皮磨得花掉的琉璃。

他猜測這珠子就是故事裡的「瑞水」。

不過他沒有真的問過葉三，擔心葉三聽了他的問題，會把瑞水塞到他身上，然後一腳把他踢進海裡頭，讓他去海底找古董回來。

七、盜墓賊

接著說的這個故事比較短，也是葉三爺爺的經歷，這種上一個世代的老故事，我特別喜歡，聽起來有種神祕的韻味。

故事是一個盜墓賊告訴他的，葉華這位爺爺，在他的時代，整個世界都比較動亂，就有一群人為了活下去，連死人的墓都敢偷。

這種人就是所謂的盜墓賊。

以前的盜墓賊都還有點本事，會看風水，風水好的地方，十之八九都有好人家的墓，有天他們一夥賊到了一個山村，發現當地有一個不錯的墓，就假裝旅客住了下來，要和當地人套點話，打聽打聽。

沒想到接待所的姑娘就和他們說了一個故事，她說，她們這邊的確有一個大墓，是明朝時一個超級有錢的人家蓋在這兒的，墓建了很多年，他們村子裡的鄉親很多都是當年建墓的工人後代，在這兒蓋了幾年墓，和當地的姑娘好上，結了婚，就在此成家了。

他們是建墓的工人，自然知道墓裡有金銀財寶，所以等墓建好了，等了幾年，大家就準備要盜這個墓，挖裡頭的金銀財寶來用。

盜墓賊一聽，心都涼了，想說這事都被當地人拿出來當故事講，底下看來是挖到連根草都沒了。

說這墓呢，裡頭的墓主人是個早夭的小少爺，家裡人非常難過，就請風水師父選了這個寶地，說是上好的陰宅，地下的墓室建得非常華麗，搞得和真的豪宅一樣，說是要讓小少爺永遠安住在這兒，在地下過著榮華富貴的日子。

這當然只是死者家屬的一種願望，哪裡曉得，當那群村民挖進去時，他們帶著火把蠟燭，藉著火光走入黑暗的墓中，這個時候，墓室裡響起了一陣孩子的聲音。

「你們是誰？」那男孩子很清楚的問道。

村民簡直嚇瘋了，但冷靜下來想想，這世界哪來的鬼神？

也許是誰家有孩子失足掉進墓裡頭，他們把心定下來，問道：「你是誰家的孩子？怎麼會在這裡？」

「我不知道，我醒過來……就在這裡了，我怎麼會在這兒？爹在哪裡？娘呢？我……我想回家，我出不去。」

「你別急，叔叔們帶你出去，你在哪裡？」

「我在這兒。」

他們舉起火把一照，在華麗的棺槨旁，坐著一個全身發黑的小孩影子。

沒有臉，看不見顏色，渾身都是黑的。

村民們哇的一聲，紛紛朝著原路逃出去，後頭小孩子喊道：「別走！別走！」他們哪管得上，嘩的衝了出去，把盜洞口牢牢的蓋住、封死。

那小孩在裡頭哭，喊爹喊娘。

回到村裡，他們查了每一家的孩子，確定村裡沒有走丟的孩子。那墓裡的男孩，恐怕就是那個死去的小少爺。他不知道自己死了，鬼魂竟然真在那個漆黑的墓裡生活著。

那個墓就這樣封死到現在，據說有人故意去盜洞口聽聲音，結果真聽到了底下有孩子在說話。

這幾個盜墓賊聽完故事，一斟酌，覺得去看看也好，照故事來講，如果真有人下去過了，就有現成的盜洞可進去，他們進墓裡去逛逛，要有剩的，就當撿到，要是真沒東西，也沒花多大力氣，並不吃虧。

他們就假裝離開村子，隔了一天折返回來，趁著月黑風高，摸到了那個墓上，四處找了一會兒，果真有個被封起的舊盜洞口，他們想直接進去，但這時他們之中一個比較迷信的傢伙，說這墓既然有不好的傳聞，大家小心點也好，就點了香，大夥兒在墓前拜了拜，雖然是賊，但他們很客氣的講明了來意，請墓主人寬宏大量，接著大夥兒一起磕了個頭，才動手把盜洞口打開。

洞口被封住很久了，花了很大的力氣才把洞口的障礙移開，就在移走的瞬間，突然間，他們點的香竟然熄了。

這群人愣住了。若說是蠟燭，還能說是被風吹的，線香這種東西，管它多大的風，怎麼可能憑空熄滅！

這一看不對，站在洞口邊的一個弟兄慘叫了出來，他啊啊的指著盜洞裡頭，在黑夜的月光之下，洞口處竟有一雙圓睜的小孩眼睛，雪亮亮的瞪著他們。

從洞穴裡，一個碳一樣的小孩影子爬了出來，所有的人都當場嚇傻了，屁滾尿流，逃的逃，腿軟的腿軟，那孩子渾身都散發著一股涼氣，墨一樣的漆黑。除了他的眼睛，那雙眼睛是實體，是白的。

除了「鬼」，他們再想不出這究竟是什麼了。

小孩鬼沒傷害他們，步履蹣跚的離開了，一群嚇得岔氣的盜墓賊發著抖，看著那孩子下了山，往村裡的方向走，當時離他近的人聽見，那孩子口裡喃喃的喊著「爹、娘」。

盜墓賊們當晚就連夜翻過山，逃到隔壁鎮去了，大夥兒求神拜佛，只差出家，好不容易過了陣子，心緒比較平定了，掛心不下的人偷偷打聽了那個村子的消息，說那村子裡發生了瘟疫，是什麼瘟疫，沒人清楚，就是人死了不少，搞得村裡人口去了大半，不少人都出逃了。

有去過那村子的人說，村子的房子上，有好多沾了碳的手印子。

這才不是什麼瘟疫，這群盜墓賊心裡發毛，是他們把鬼放出來了，鬼去找村子裡的人了。

講述這個故事的盜墓賊，挖了一輩子的墓，就遇過這一次。

他以前不信鬼神，現在還是不信。

問他道：「你遇到的那個，難道不是鬼嗎？你怎麼還不信呢？」

「我不知道。」他迷惘的答道：「那就是鬼嗎……？我不知道，我真的不知道那是什麼。你說那是鬼，那也有可能，但我不能告訴你那是什麼東西。因為我真不知道那是什麼。如果人死了真得變成那種東西，那怪不得這世上每個人都不想死。那東西……太可怕了。」

八、春分

我好喜歡這故事。恐怖故事聽起來總是比較刺激，我又嚷著要春分再講像這樣的故事給我聽，他皺起眉頭，指指我放在牆角的畫，要我賣兩幅給他，否則他不說了。

這種別有目的，步步心機的大人，我最瞧不起了！

不過靠牆邊那幾幅也只是我練筆的作品，要讓他拿這東西出去賣，外頭的買家恐怕會以為我是個沒有自我要求的人。

春分被我拒絕，他又不高興了：「練筆的不賣給我，那畫幅新的給我。」

想他也講了不少故事給我聽，這麼奮力的向我獻殷勤，我再不給他點好處，好像也說不過去。

「那你再講一個有趣的故事給我聽。」我向他開條件。

見我終於答應了，他樂得很：「你想聽什麼？」

我想了想，「我想聽店裡客人的故事，啊，我也想知道葉三和轉角那間茶店有什麼仇恨。」

「轉角那間茶店，說是葉家的世交，爺爺那一代就認識了，葉三小時候和他們家的兒子是玩伴，可是玩著玩著，不知道怎的就結仇了，一直互相鬧到現在。」

春分想了下，覺得自己的用詞不太準確：「葉三說是結仇了，可是他們還是有來往呀，常常會去買他們家的點心呢。」

「什麼點心？」

「桂花糖糕，綠豆糕，蜜芋頭，甜酒釀，都很好吃呢，就是挺貴的。葉三特別喜歡他們家的桂花糖糕，桂花醬是他們自己家做的，桂花放的特別多，冰著吃，很香。」

「這麼好吃，你怎麼沒帶給我吃過？」

「你喜歡甜食？」

「倒沒特別喜歡。」

春分曉得我是嘴硬，想等我求他，我哼了一聲，嘴饞事小，就算餓死，我也不想讓他佔上風，以為我是個用幾顆糖果就能收買的小鬼，省省吧！

春分笑得可是開心了。

「茶當然是葉三泡得好喝，下午泡壺香片，搭他們家的點心，那可真不錯。我以前上班的時候，每天都忙忙碌碌，過得像火爐上煮的開水似的，都沒想過人竟然可以過得這麼悠閒。」

我彷彿可以想見春分見到的景色，外頭是乾淨的陽光，幾座蒼綠的矮山，葉三餵著鶴玩，泡著一壺茶。

世界安安靜靜的，他一邊整理著店裡的舊貨，一邊想著許多的故事。

「我下回帶個風鈴給你吧。」

「風鈴？」

「風鈴呀。掛在窗戶上的，茶店的屋簷就掛了一串，我在店裡，偶爾會聽見從很遠的地方敲響的風鈴聲。聽起來很舒服。」

「我這兒又沒窗戶可以掛。」

「會有的。」

他和我保證。

我望著春分的鶴，心想著，若他真把風鈴帶來了，就把它掛在鶴的脖子上玩。

我的房間有窗戶，但這窗戶打不開，用鐵條還有夾板密密實實的焊上了，我見不到外頭是什麼模樣。

因為沒有真實的陽光，我有時會有點困擾，我只在日光燈下看過自己的畫的顏色，不曉得他們搬到外頭去時，在陽光下還是不是我所想像的那個模樣。

我希望別差得太多，最好是變得更好看些，否則我肯定會想挖個洞鑽進地下。

春分看著我的手臂，有一部分的刺青已經完成了，有時我會突然覺得這好像不是我的手，甚至被自己的手嚇了一跳。我的右手大部分還包著繃帶，因為他們說我以後還會長大，這些刺青會隨著我的手臂變粗而擴散，就是一個吹氣球的概念，我長大了，上頭的圖案就被皮膚給撐開來。

所以往後上頭的青色就會變成真正的圖案，當然，我也不曉得我能不能活這麼久。

我很難想像我成年時的模樣，二十歲，三十歲，感覺太過遙遠了，完全和現在的我一點關係都沒有。

春分道：「我三十歲的時候，回想自己小的時候，也覺得好像是完全不同的人。」

聽他說的，十歲、二十歲、三十歲，似乎都是不一樣的人了，十歲的我會在十歲那年消失，我會一直消失，然後這個身體和靈魂，變成另一個是我卻又完全不同的人，周而復始，直到我手臂上的皮膚鬆垮，長出白頭髮。

「你肯定沒有想過，我在你這個年紀時，在做些什麼吧？」

我怎麼會去想這些呢？

他也就是我一年見不到幾次面的、認識的人罷了。

春分語重心長：「所以你得多關心身旁的人。先試著從『想知道他們的事情』開始。否則會變成一個只知道自己的事的人。」

這傢伙竟然又趁亂想教育我了。

「那你說，在我這個年紀時，你在做什麼？」

「其實我不太想說。」

「那你問我做什麼？」我生氣了。

「我只是看你對別人的事都沒什麼興趣，這樣不好。」

「我又沒有認識的朋友。」平日接觸的人，除了春分，也就剩下我的父母。

但算了罷，這二個人老是吵架，吵錢，吵外遇，吵自己壓力大。我不能理解他們，他們看我的表情，也總像是在應付些什麼。

春分的話老是惹毛我，因為他說得對。

即使我一個朋友都沒有，我的父母也覺得我很古怪，這一年以來，我們甚至沒有講超過十分鐘的話，可是我一點都不在乎，我不在乎我的生活，不在乎外面和我同齡的人過著怎樣的生活，我對那些事的興趣，遠遠不及一張畫紙的材質，或是新購入的一盒顏料。

我怎麼會是一個這樣的人呢？

「你想聽嗎？我小時候的故事。」

我沒興趣。

可是我總覺得我應該要聽，我得督促自己打起興趣，勉強自己去知道，否則，我會失去和這世界某種重要的聯繫。

我唸稿似的回答：「我好想聽，你快告訴我。」我的表情是，我給足你面子了，快說。

春分笑了。

他說，在我這個年紀的時候，他的家是學校附近的一所育幼院。

這話題一下讓我不知該如何應對。

「我叫春分，知道我的名字怎麼來的嗎？我還是嬰兒的時候，被放在育幼院門口。那天是春分。院裡的老師就讓我叫這個名字。」

我問道，那是不是還有人叫冬至，叫清明。他說沒有，也許是他不認識，不過院裡還有個女孩子叫小雪，挺好聽的，和他一樣是節氣的名字。

扶養春分長大的育幼院，是個私人經營的慈善機構，裡面大約有二十個孩子，說是大約，因為育幼院的孩子都是來來去去，人數很不固定，有的是孤兒，又有的是家裡有問題，被送來暫住，等問題解決之後，就會有親戚出面帶他們離開。

有一個和春分年紀差不多的男生，是被父母家暴，他母親隔一陣子就會哭著來把他帶走，他的表情沒有任何欣喜，因為大家都知道他很快就會回來。

那男生一直熬到十六歲，去外面半工半讀，才真正離開了這兒。

育幼院有人捐助，經濟無虞，所以春分過得和一般普通孩子也沒什麼兩樣，有人帶他看病，教他功課，偶爾還有一點微薄的零花錢，春分的個性很安靜，不爭不吵，屬於能顧好自己還能幫上點小忙的類型，育幼院的老師待他很好，關於春分的身世，他們也老實的和他說明。

春分一出生就被放在育幼院的門口了，他身上沒有留下任何訊息。

這種情況，就是親生父母要和他斷乾淨了。

剛出生的男嬰，很多人都想要領養，春分很快也被送走，只是沒一個月，就被送回來。

養父母說，春分來了他們家後，出了些奇怪的事，他們沒法養這孩子。

下一對領養春分的夫妻也這麼說。連續遇到二對退回孩子的夫婦，很不尋常，春分那時也快一歲了，育幼院的院長就決定不再把春分送出去，要在這邊照顧他長大。

「在你這個年紀，我正好想通，為什麼我會被領養的人退還。」春分道。因為他看得見另一個世界。另一個世界也不吝於與他接觸。之前領養他的人們，沒有能力應付這些事。

「就這樣？」我還以為會聽見什麼厲害的故事。

「就這樣。」春分講得理所當然：「我就是個普通的小孩子呀。早上起床，去上學，想著午餐吃什麼，晚上回家，大夥兒一起玩，玩累了睡覺，就這樣。現在也是過著挺普通的日子。」

「你都沒有什麼靈異體驗嗎？遇到學校的幽靈之類的？」

「會看到，但沒發生過任何事。」

身旁既沒有被幽靈捉走的小孩子，也沒有都市傳說，他不會和人說這些事，就算偶爾提起了，大夥兒也只覺得他在裝神弄鬼，小孩子多得是怪癖，學漫畫的，吹牛皮的，相較之下，他還真的挺平凡的。

「對我來說，想通了自己為什麼沒被領養，是個很重要的轉變，那時身邊沒人能幫我解決這個問題，所以我只得自己想，從理解問題開始，花了好多好多時間才想通。在有了答案之後，雖然我的日子還是過得和以前一樣，不過心情上變得很不一樣。這讓我在之後，得以用平常心去面對許多事。」

春分真正開始接觸這一側的世界，是在踏進葉家之後，頭一回接觸，就碰上了玉珮上的可怕猴子。

他說了他的故事給我，「下回，換你講你的故事給我聽。」

我感覺自己被拐了一道：「我哪來的故事講給你聽？」我成天就是畫畫。

「什麼都行呀，你想得到的事都可以。你最近看的書，新買的顏料，晚上睡得好不好。什麼都可以。」

「這有什麼好聽的？」

他沒回答我。只給了我一個充滿大人心機的微笑。

※※※

「我」是個小孩子。

活到現在也才幾年的時間，我的故事很短，要講起來，一下子就說完了，真要比較的話，就是比其他同年的傢伙要複雜一些。

我很會畫畫。

在我還沒記憶的時候，我就會畫畫了，聽說是邊喝著奶，邊沾著水在桌子上塗塗抹抹。

我會看著什麼都沒有的角落笑，還會對空氣說話，我的父母也察覺到我和其他的孩子不太一樣，只是他們都不太相信這世上除了人類以外還有其他的東西，而且身旁老一輩的人也都告訴他們，小孩子常常都看得到，長大了就沒事了。

於是他們沒管我，就等著我長大。只可惜我沒能照他們的心願發展。

等我能拿得動蠟筆時，我就開始畫圖了，不停的畫，身旁的人都非常驚訝，因為像我這個年紀的幼兒，不可能畫得這麼好，別的孩子在玩積木，在學數字，我則是不斷的畫圖，只要看到筆就拿起來，不讓我畫，我就放聲大哭。

大人們很快的發現，我畫的圖很不得了。他們請了一些專家來看我，過了一二年，我的手能穩定的拿筆時，我換了畫具，開始用水彩，用油彩，用粉彩，因為換了畫具，我畫的圖逐漸變得細膩，他們終於明白我一直以來畫的是什麼，我畫的是佛像，仙女，還有眾多的仙獸。

一個沒讀過書的小孩子怎麼曉得這些東西呢？我自己也不明白，只道是說與上天有感應，我天生帶著這個稀罕的才能出生。

越來越多人在注目我的作品，我媽辭職照顧我，接著我爸也辭職了，他們倆以前都是普通的上班族，在我能完成整幅的畫作後，他們開始賣我的畫。

我的畫賣出了非常不得了的價格，差不多是我爸媽工作十輩子都賺不到的錢。

人家說從我的畫裡，能看見極樂世界。

爭買我的畫的人太多了，我家時常有畫商，有記者，甚至有宗教家在作客，有天我坐在客廳喝水，有個戴著帽子的傢伙，臉長得像蚯蚓，他從西裝裡伸出了很長的脖子，朝著我的手咬了一口。

我當場血流如注。

那傢伙趁亂逃了。我身旁的人，從那個時候才開始警覺，我身邊出沒的，不止是人類。

我爸媽非常緊張，他們開始吵架，聽說他們以前感情不錯，我小的時候也依稀有這樣的記憶，可是等到我懂事時，他們已經變得三天一小吵，五天一大吵，我爸買名車，在外頭勾搭漂亮女人，我媽買珠寶，出國旅遊，身上穿滿名牌。但他們看起來都不快樂，和我兒時記憶中那對樸實的夫妻相差甚遠。

他們請了很多「師父」過來看我，給我建了這個房間，焊死的窗戶，貼滿了符咒的牆壁，保護我不被外頭的那些妖物所侵擾。

那些有神通的師父們說，我是天選之人。

我有一雙不得了的手，這雙手可以畫出不得了的畫作，對那些非人的事物而言，我的這雙手，就是他們的唐僧肉，隨著我的聲名遠佈，那些好這口的妖物，簡直是拿到了米其林餐廳吃到飽今日五折的餐廳傳單一樣，紛紛從千里外聚集過來。

我再也沒辦法出門，無論白天夜晚，都有眾多的妖物圍繞著我家的房子，他們甚至開始傷害周邊的無關人等。

幸好沒等多久，有個說可以解決這個問題的高僧來了。

只是他解決這個問題的方式很痛。

他說，他要在我的雙手臂上，刺上強大的除魔咒文，這咒文一旦完成，任何的妖物只要碰到我的手，強者重傷，弱者直接灰飛湮滅，如此一來，那些妖物就不會再覬覦我的雙手。

他說他下這狠招，不是為了保護我，而是為了保護世間的平衡。

我考慮了一下，我不想某天一覺醒來，發現我的手已經不見了，我的手要是不見了，我就會嘗試用腳畫圖，最後就是連腳也被吃掉。若是不能再畫圖，我還不如死了算了，我決定照他的話做。

刺青是個大工程，大人都不見得受得了，我是個小孩子，身體的承受度差，他們擬定了一個大約三年的計畫，緩慢的、按部就班的在我的手上刺青，從肩膀一路刺到指尖。現在進行了一半都還不到，刺青會痛，會發炎，我每天都在反反覆覆的疼痛和藥物中渡過。

我想等我長大以後會被人當成是黑道，或是某種宗教狂熱者吧？

從今往後，我可能都得要戴著厚厚的手套，才能和春分的鶴玩。這是唯一讓我感到有點不捨的事，那些鶴摸起來挺好的，脖子鬆軟軟的，肚子熱呼呼，拉他們的翅膀，他們還會嘎嘎的亂叫，十分有娛樂效果。等我的刺青再多上一些，他們就再也沒有機會觸碰我，而我也是。

我繼續的畫著圖，過著足不出戶的日子。我的圖畫得越來越好，我的爸媽和我越來越疏遠，來幫我刺青的高僧們，會幫我唸經，講一些囉嗦的心靈雞湯給我聽，我和他們很合不來。

雖然春分要我好好想想關於自己的事，可是當我把我的人生想完一遍，我察覺到這個想像是沒有觀眾的。

就算我把這些事寫成一篇漂亮的演講稿，也找不到任何人來傾聽。

我想這是春分想傳達給我的事。

最近當我畫著圖的時候，我會想起春分和我說的那些故事，那些人物，那些妖物。

我所想像的他們的身上，翻騰著一股鮮艷絕倫的色彩。

※※※

春分預支了他十五歲那年的故事給我。

他說做為交換，等我十五歲的時候，他要來聽聽我的故事。

春分被拋棄在育幼院的門口，不知父母究竟是誰。他就這樣平淡的長大，直到變成一個少年，有一天，有一個男人上門前來拜訪，自稱是春分的義父。

義父講了一段小小的過往。

春分的母親懷上他的時候，只有十六歲。

春分的母親堅持自己沒有和任何人發生過關係，她完全不懂自己為什麼會懷孕，當時的她還是學生，不敢看醫生，也不敢告訴家人和朋友，她悄悄的隱藏著自己的肚子，肚子開始隆起時，剛剛入秋，接著是漫長的嚴冬，她的身型瘦小，就穿寬鬆的衣服、大外套，硬是給隱瞞了過去。

她悄悄的生下了孩子。然後直接把剛出生的孩子扔在育幼院門口。

因為對她而言，這孩子根本來路不明，她不停的告訴自己這不是自己的孩子。

之後過了很多很多年，春分的母親進入社會工作，談戀愛結婚，生了第二個孩子。她思考了很久，也去做了心理治療，最後她決定和現在的丈夫坦白，自己曾經有過一個孩子。

她的丈夫沒有責怪她。

他是一個真正的好人，非常的善良，有擔當，他主動和妻子提議，說願意把當年遺棄的孩子接回來，讓一家人破鏡重圓。

育幼院的人聽了這事都不敢相信，可是基因鑑定的結果是鐵一般的事實，春分確實是這個女人的孩子，春分就這麼離開了育幼院，來到了義父與母親的家庭。

當時春分的弟弟已經二歲了，相當可愛，春分在育幼院常幫忙，很會帶小孩，和成熟可靠的義父也很聊得來，母親因為他的歸來，心上的傷口開始癒合，他們嘗試著當一家人，不過她的狀況還是不好。

她的情緒時常不穩，春分也很難和她相處。正好到了要考高中的年紀，義父和春分談了談，決定讓他去唸一所全住宿式的私立高中。

他非常平安的從高中畢業，接著唸大學，大學時繼續住宿舍，接著開始工作，也是在外頭租房子住。

他並非故意為之，只是就這麼巧合，他一直沒能搬回家住。

他還是有和家裡的人聯繫，就是相處得很淡漠。

之後的事我都知道了，他遇上了那一大群鶴。

他對自己的生母沒有怨恨。在十歲那年，他想通了某些事的時候，他就不再執著這段母子的關係了。他也從來沒有試圖去找過自己的生父。

就結果來說，他變成了一個非常簡單的人，沒有特別的物欲，不強求感情。

對我而言，人都是該有一點激情的，春分這樣，有點矯枉過正。

我希望我十五歲的時候，也還是精力滿滿的在畫圖，瘋狂的苦惱，為了構圖還有新顏料的飽和度不足而氣到睡不著覺，甚至是去學學電繪，把我的畫提升到數位化的層次。

不要像春分一樣，活的像個老頭子似的。

九、鵺與木雕

下一則故事，是有點感傷的一則經歷。

故事的主人翁是「鵺」。

我知道鵺是什麼，大概是因為形象帥氣，在故事中又兇狠霸道，所以還算是挺有名的一種妖物，我手頭上的古人畫冊，中國的山海經，日本的平家物語，有好幾本都有他。只是我沒想到他真的存在於世上。

我問春分，那鵺進你們店裡，是用獅子老虎的模樣進去的嗎？要怎麼喝茶吃點心？

春分說不是這樣：「你知道瞎子摸象的故事嗎？」

這三歲小孩都知道。

「有個人摸耳朵，說象長得像一面銅鏡。有個人摸象的身體，說象是一堵牆，又有一個人摸象的鼻子，說象和蛇長得一樣。他們說得都對，但也都不對，因為他們只碰觸到了象的其中一部分，不是全部的象。」

「我知道呀。」快說重點。

「不是每個人見到妖物，都能看得這麼清楚，有人看見鵺有猴子的臉，尾巴是蛇，還有虎的身體，他們說得都對，但也只是一部分對。真正的鵺，有他們講的特徵，但其實不是長那個模樣。」

我大概明白他的意思，古人畫冊裡的妖物，畫得總像拼裝車一樣，這裡接個鹿頭，那裡長個魚尾，其實是人沒有那個把他們看清楚的能力。

古人的知識水準也很差，能做出這種拼裝似的敘述，就已經很了不起了。

「所以鵺真正的樣子是什麼？」

「唉，他附在一個人類的身上，我沒機會見到他的真身……」

這不是在框我嗎！

就春分的描述，鵺是用一個年輕男性的模樣現身的。

鵺見了春分，意識到鶴主已換了人，頓時間眼神中充滿了茫然。

這一位鵺先生，委託葉三的父親，替他蒐集一樣東西。他每隔一陣子會來店裡拿取，並給付酬勞。

葉三的父親下落不明，不過鵺先生預定的物品，他好像已經蒐集了一些，葉三照著帳本上的指示，在貨架上找到了一個舊盒子，盒子上的標籤有他每回來取的時間，看來這位鵺先生差不多是十年會過來一回。

鵺先生上一回出現時，葉三還是個小朋友，但他對鵺先生的印象挺深，春分向他打聽了下，似乎是上回鵺先生過來，葉三的父親和他聊了很久，他們一般不會想和客人聊得這麼久，可是葉三的父親不僅對他非常的關心，還把小小的葉三也叫過來，讓他和鵺先生一起喝茶。

舊盒子裡裝的東西，是一些木頭做的小物。都是巴掌大小，有小人偶，小木馬，還有雕花的小木頭梳子。新舊不一，有的有上漆，做得很精緻，又有的破破爛爛，幾乎成了爛木塊。

他檢查了下盒子裡的木頭小物，沉默了許久。

「一樣……請替我燒了它們。」

他拿出了一個小麻布袋子，春分打開來，裡頭裝著一顆尖銳的獸牙。

葉三告訴他：「這是酬勞。」

這顆牙是鵺的牙齒，非常稀罕，一顆牙足抵十年的報酬。

「這些玩偶是什麼？」春分不解。

「是很久以前，他和一個人結的契約。他不像我們有這麼多的管道，要蒐集這些玩偶，對他來說很困難，所以他除了自己去尋找，也委託我們家幫忙。」

葉三端詳著這些小物件，這些小物件都是非常普通的木雕，看不出有什麼值得蒐集的地方。而這鵺先生等了這麼久，卻只留下一句「燒掉它們」。

難道這些小物不是他想要的？他不滿意才這麼說？

「不是的。這就是他的契約。」

葉三回憶著他父親講給他的故事，這個故事，比他爺爺出生的年代還要早。

像鵺這種食物鏈頂端的存在，是吃人的。

現在這個時局，非人之物，很容易就被人類社會制裁，鵺在日本很知名的一個故事，就是晚上出來吵鬧擾民，結果慘遭名家英雄用弓箭射死。

光是深夜擾民就會被殺了，更何況是吃人，可是他們不吃人又活不下去，所以他們會和人做約定，他們為人做一些事，而人自願的成為他們的餌食。陰陽二界，對此種約定屬於默許，以雙方的約定為準，其他人不得介入復仇，不得踰越。

這次簽約的對象是個做木雕藝品的工匠。他年輕、單身、沒有家累，世上少了這一個人，也不會有人發現。像他這樣的人，是鵺最愛的目標。

鵺先生出現在他身旁，告訴他：你的時間已經不多了，決定一個願望吧。

渴望大筆的財富，就立刻送給你。

有想復仇的對象，就替你殺了他。

想要去天涯海角，也能立即把你送去。

工匠看見鵺先生，並沒有特別驚訝，首先一二百年前的人，見到非人之物，並不會那麼恐慌。其次是他已經病了很久了，早意識到自己的大限差不多到了，像他這種市井小民，喪禮的錢都湊不清，突然有人跑出來，和他說死前還能實現一個願望，那真是有賺到的感覺。

「我還能活多久？」工匠問道。

鵺嗅了嗅他的身體：「一年再多一點。」

「所以我還有時間對嗎？」工匠若有所思：「我可以想一想我的願望嗎？晚一點再告訴你。」

工匠原本能做傢俱，給人裝修房子，可是他生病之後，沒有體力再做粗活，只能在家刻一些小東西，小木頭娃娃、小玩具、小梳子，在市場賣得還挺好，讓他不至於餓死。

鵺發出獅虎一般的低沉吼聲，答應擇日再來。

見到鵺轉身要離開，工匠攔住了他。

「你要去哪裡呢？就住下來吧，反正你也要等我的答覆不是嗎？」

工匠的房子很舊，但很堅固，是他還健康的時候，自己一點一滴的裝修起來的，要追加一位新房客，是綽綽有餘。

他給鵺鋪了一床的鬆軟稻草，給他準備喝水的碗，高興得像是在招待一隻大貓。

鵺問道：「你沒有家人嗎？」

「小的時候村裡鬧瘟疫，全沒了。好不容易存了點錢，又生病，沒討到老婆。」工匠反問：「你呢？」

鵺沒有家人，他在天地間出生。

像他們這種凶獸，領域性極強，見到同族是直接上去打到你死我亡，所以他也從沒和同族相處過。

「那我們就是相依為命了。」工匠笑道。

他把鵺留下來，和他一起生活。

工匠照著鵺的樣子，給了他刻了木雕貓娃娃，放在他的稻草床邊。

他住的城市有港口，常常下雨，工匠病得很重，沒什麼體力出門，他們就坐在屋簷邊，聽著綿軟而溫柔的雨聲。

放晴之時，鳥鳴婉轉，遠山煙雨濛濛。

天色暗去，月亮出來，看著月光映在港灣裡，灰白的雲霧掛在月亮上，像是一輪沉在天上的玉。

就這樣一日過了一日，鵺催促的問他：「你的願望呢？」

「別急，我再想想。」

每回問起，工匠都這麼敷衍的回答。

他在市場賣了藝品，看見麥芽糖的小販，想著要買一份給鵺嚐嚐。

天氣冷了，他們一起用好不容易才換得的糧食煮火鍋吃。

閒來無事的午後，沿著海岸邊慢慢的散步。

傍晚，鵺趴在黑色老屋瓦上，望著眾多人家在炊飯時，雨中裊裊升起的白色細煙。

燈火逐漸在淡墨的顏色中點亮。

鵺的一生都過得自由自在，沒有牽掛，今天睡在這裡，明天就啟程去千里遠的地方，看誰不順眼，就把那人吃了，東西不想要了，就直接忘掉，要風得風，要水得水，打從出生以來，還第一次在這種破鎮子過這麼久。他看著這如銀河似的燈火，自己身下的房子，也亮著其中一盞。

天色黑了，就會想著該回家了，家裡有人，在等他吃飯。

被什麼東西束縛著的感受，好像也不是那麼壞。

就在這麼一日度過一日，在眾多的拖延與無所事事之間，一年很快很快的就過去了。

肚子很餓，可是他不想吃這個人了。

他沒所謂，反正找下一個人就是了，即使他不吃，工匠的生命也到了盡頭。

鵺沒有遇過這樣的狀況，因為他之前遇過的「食物」，在病重之前，通常就已經吃掉了。在冬季的最後幾日，工匠已經完全起不了身，他痛得厲害，身上起了黃疸，連一口水都喝不下。

鵺發現自己急了，工匠已經沒有救了，他早就見過生死簿，工匠的命數是到此為止。就算立即變出萬靈藥，仍會以別的方式死去，他過不了這一關。

他還是想辦法弄了一些藥回來，至少讓工匠喝了，不會痛得那麼厲害。

「我……」工匠虛弱的躺著，已經說不清話了：「……對……不起。」

他一直在道歉。

不用他說，鵺也明白。

臨死之人他見得多了。

有些人狂亂發瘋，有的哭泣不止，也有的很平靜，想著別人的事，比想著自己的多。

什麼許不出願望，都只是藉口。

這個人只是寂寞。

他的願望也只是有誰能在他臨死的時候，陪伴他一會兒。

「你不要哭……」

他才沒哭。他怎麼會為了食物哭泣呢？

人都長得差不多，像工匠這樣的人，這世界上肯定還多得是，還會再遇到更好的，可是更好的，又有什麼用。

一樣的，不會再有了。

見他一直掉眼淚，工匠不禁伸手揉了揉這凶獸的毛皮，想安慰他。要是早知道他會這麼難過，就不要留他在身邊了。

「……你不是答應我，說能讓你做一件事？」

「什麼事？」

工匠在彌留之際，許了一個奇怪的願望。

他做過許多的木頭藝品。

他想讓鵺把自己所有的作品全部找回來。

找回來以後，把關於他的一切，全都燒了。

※※※

「他現在還在找嗎？」

「是呀。」

鵜按照約定，開始一樣一樣的尋找工匠製作的物品，大的傢俱很容易找，不過小物件就沒那麼簡單，很多小物件都隨著商人被賣到很遠的地方去了，他們住的地方是港口，甚至有一部分被賣往了國外。

他四處尋找著，旅行著，一直到現在。

「為什麼要這麼做？」我問。

你要一個在乎你的人，去把你的存在痕跡從這個世界上抹掉，這心願還是你臨死前最後一個願望，這聽起來很殘忍。

「他想要鵜忘了他。我是這麼認為的。」春分道。

「這樣有用？感覺是反效果呀。」

「要忘記一件事，從來都是很困難的。」

人的一生，都在渴求著自己不明白的事，明白了之後，又急欲的想把這些事忘掉。

如果有一個按鍵，只要按下去，人就能把一件不快樂的事情從腦子裡消除掉，那肯定過不久之後，就不會有人再記得任何事了。

※※※

鵪先生離開以後，葉三指使著春分，讓他把酬勞的牙齒收進倉庫裡，又把裝了小木頭玩偶的盒子交給他，要他整理好。

「真的要燒掉嗎？」春分那時顯得有點不安。

「我爸沒這麼做。他把剩的藏起來了，都放在倉庫裡，你自己決定吧，你要是不想燒掉，就拿去倉庫放起來。」葉三道：「以後找這娃娃的工作，就是你的任務了。」

他心想，這要怎麼找？

葉三又拋下一句：「你問他們呀。」

他要春分去問那些鶴。

「可是……」

春分原本想說，這不是應該要問你的父親嗎？可是這話沒說出口，哽在喉中，又吞了回去。

替葉三工作也有一段時間了，光靠旁敲側擊，也能猜出一些事來。

葉三的爺爺是前前任的鶴主。

葉三的父親是前任的鶴主。

自己帶著鶴來到葉家時，葉三哭到泣不成聲。

春分心中有許多糟糕的解釋。最可怕的假設，就是自己身分不明的父親其實是葉家人，自己說不定是葉三同父異母的哥哥。

那麼鶴會找上自己，以及葉三對自己那略帶敵意的態度，就都能解釋起來了。

只是還有一個最大的問題：葉三的父親到哪裡去了？

以春分所見的情況而言，葉三的父親前不久都還在工作，他的客人都是登門拜訪才曉得鶴主換人的事情。

這些鶴沒理由離開原本的主人。

難道他……死了？

他望向那些鶴，迷惘的問那些鶴道：「難道我們真的有血緣關係？」

大白鶴嘎的一聲，拍拍翅膀，也不曉得什麼意思。

「所以你把那些木雕燒掉了嗎？」我問道。

「我藏在倉庫裡了。」春分道：「聽了這故事，就覺得好像沒法下手。」

我鬆了口氣。

「他要是知道你們沒把東西燒掉，會不會生氣啊？說你們收錢不辦事，把你們都吃掉！」我舉起手，演出兇狠的老虎貌，那可是鶴啊，吃人的。

「等你見到他，問他看看？」

春分說的話，讓我愣了一下。

我只是一直聽他講故事，卻從未想過，有一天我可以見到那些故事中的人。

「真的能見到他？」

「他現在住的地方離這邊不遠，他不肯見你的話，你去附近的便利超商等著就遇得到了。」

「他去超商做什麼？」

「買冰淇淋吧。那傢伙喜歡草莓冰淇淋，那種紙盒裝的明治。」

「他會吃冰淇淋？」

「我也喜歡吃呀。」

說得也是。

我仔細考慮了春分的提議，現在的我足不出戶，是為了保命。可在不久的將來，我的刺青完成之後，我就不需要再被關在這裡。

到時候的我，該往哪裡去呢？

前幾天我媽跑進我的房間，她哭紅了雙眼，用試探的語氣不斷問我：「吶，如果我和你爸爸分開的話，你會跟著媽媽，對不對？」

我知道她想要什麼。爸想要的東西也一樣。

她鬧了好一陣子，終於離開我的房間的時候，我鬆了一口氣。

我心裡明明不難過，眼淚卻不由自主的掉了下來。

十、考生

那位用白麻布遮著眼睛的饕餮，後來常會來店裡聊天。

他說他最近聽到了一個有趣的故事。

春分道：「葉三和我說了，聽你講故事，要報酬的。我不聽了。」

饕餮嘩的一聲激動了起來，在那邊大笑大叫：「你是葉三養的狗嗎？這樣聽他的話！」

自己算是葉三的什麼人呢？

打從察覺了自己可能是葉三的哥哥，春分就一直在思考自己在這間店裡的定位，春分對這個可怕的假設，有種錯綜複雜的情緒，因為除了葉三之外，他原本就有一個同母異父的弟弟。是母親和義父生的孩子，和自己有一半的血緣關係，兩個人年紀差得很多，不過那孩子很乖，很可愛，不像葉三這麼彆扭。

春分很疼愛他，就算和他聚少離多，偶爾見面的時候，兩人的感情也很好。

這個弟弟和葉三不一樣，有爸媽照顧，葉三卻是孤身一人，不知道家人都跑去了哪兒。如果自己真的是葉三的大哥，他挺願意承擔這份做哥哥的責任，至少在葉三長大獨立之前，他會好好的照顧葉三。

如果葉三是妹妹就好了，說不定會可愛一點。

他拒絕評論葉三與狗的話題。葉三要真的養了狗，自己的地位，肯定也在那條狗之下。

「我也喝了你的茶，就當作是對價報酬吧。」饕餮嘻嘻笑道。

他說是上回去海邊老街吃小吃時，一個住在當地的妖拿來嗑瓜子的故事。

說是老街附近多租給學生，房租很低，有個苦讀的考生，和一個同樣落榜的朋友租了間破房子住在一起，二個人感情不錯，每天一起吃飯，一起讀書，在同一間房間裡打通鋪睡。

有天晚上，考生冷得睡不著，就和睡在隔壁的朋友聊天，聊著聊著，發現朋友老家是做道士的，還挺有名的，宗教業多好賺哇，就問他怎麼不去繼承家業，跑來這裡寒窗苦讀。

朋友笑了笑，說他沒有天分，沒辦法當道士。寒窗苦讀，雖然很疲累，不過有同伴一起奮鬥，心裡也很高興。

聊著聊著，他那朋友突然說道：「外頭下雨了。」

考生心想，這房子就一個窗戶，靠自己這一側，他那邊只有牆，哪見得到外頭？以為朋友跑到自己這邊來了，考生爬起身來看，赫然發現在朋友的床邊牆上，竟然出現了一扇小小的窗戶。

路燈的光微弱著照著，小窗戶外在下著毛毛細語。朋友又喃喃說道，「你記得你老家的事嗎？你老家不也是有錢人嗎？」

考生心裡覺得奇怪，他家窮得要命，吃飯都成問題，才會苦讀考試，想尋求一個穩定的工作，何言有錢？可是被朋友這麼一講，腦子裡突然出現一個奇怪的記憶，就是自己的父母都穿著體面，住在有山水庭園的大房子裡，有很多傭人伺候著。

朋友又道，「你的太太這麼漂亮，小孩也聰明，我真的很羨慕。」

不對呀，考生心想，他窮到打光棍，那來的妻子兒子？

朋友的聲音越聽越讓他想睡，他只覺得朋友是在講夢話，就敷衍的應對一下，可是腦子裡又出現了漂亮的妻子的模樣，還有一個朝他跑來的小娃兒。

這些人是誰啊？我怎麼好像認識？

「你怎麼連你老婆都不記得了？你老婆是許總的姪女，你考上以後，人家給你介紹娶來的。你真是好命吶！」

考生這下可忍不住了，他睜開眼睛，爬起身來，卻見到自己不在那間破房子裡了，他住在一間豪宅裡頭，睡在柔軟的大床上面，考生張大了口，愣在那兒，一個漂亮的女人在他身旁睡眼惺忪，問他半夜爬起來做什麼。

考生想起來了，身旁的人是他老婆。

可是不對呀！他明明是住在海邊破房子裡苦讀的考生！

他從床上跳起來，像發了瘋一樣，周圍的人都以為他做夢做糊塗了，那些人看起來不像在戲弄他，是很認真的，眾人說他是這個家的男主人，他出生在一個富裕的家庭，年紀輕輕就考上律師，老闆見他年輕有為，作媒將姪女嫁給他，後來他進政府當了官，仕途一路順遂，兒子都已經十歲了。

他讓妻子拿了鏡子過來，他一看鏡子，不得了，他明明記得自己是個二十出頭的年輕人，鏡子裡卻是個長著鬍子的中年人。

身旁的一切，他好像記得，又記不清，顯然那寒窗苦讀的記憶才是夢境。但又太過清晰了。隔了幾天，他決定趕去那間記憶中的破房子瞧瞧。

大家都說他發瘋了。可是他千里佻佻的趕到記憶中的那個地方時，當地真的有這麼一間出租公寓！還和他記得的一模一樣，他連鄰居家門口擺的鞋架款式都記得清清楚楚。

這間破房子現在沒人住，他跑去問房東，房東根本不認得他，他應該也從來都沒有到過這個地方。不過當地人倒是說，這破房子十幾年前有一個落魄的年輕人暫住過，那人在大冬天裡死掉了，也找不到他的家人，房東好心出了錢，把他葬在附近的公墓。

故事的主人翁立即去找了墓碑，墓碑上就是他朋友的名字。

他後來花了錢替朋友厚葬，並給了房東很大一筆的謝禮，這個故事便在當地留傳了下來。

這雖然是發生在近代的事，不過若是換個時代，就成了太平廣記裡出現的那種民間傳說。這樣的靈異玄談，從一個身分不明，似人非人的傢伙口中嗑著瓜子說出來，倒是別有一番趣味。

聽說鬼也愛看鬼故事，妖也會喜歡白蛇傳嗎？

饕餮嘻嘻的端起菓盒，翻了半天，終於發現裡頭沒有棗泥糖。

「怎麼沒有啦？」

菓盒平常歸葉三管的。「葉三沒有買吧？」

「這小鬼！」

饕餮哈哈大笑。

他臨走前，和春分提到了一件事：「小子，再送你一個消息。持鈴的那個人，最近會回來。」

持鈴是什麼意思？

饕餮才離開，就這麼巧，葉三就回來了。

他把超市買回來的東西放桌上整理整理，又去櫃檯後頭拿出一個罐子，裡面全是棗泥糖，他把棗泥糖倒回菓盒裡頭。

那棗泥糖，原來是被他收起來了。

他究竟是有多討厭饕餮哇？

葉三聽了饕餮剛留下的話，表情有點怪異。

他領著春分到倉庫的一個櫃子前，那個櫃子很像中藥行裝藥材的櫃子，有很多方型的小格子抽屜，每一個格子上都標著一個數字，他告訴春分一個數字。

春分去拉那個格子，但打不開，上頭也沒有鎖孔。

葉三讓那些鶴上前來，大白仙鶴伸出長長的鳥喙，在格子上啄了啄，格子便莫名的打開了。

春分探頭去看，沒見到格子裡有機關，用手去摸，也是平的。

格子裡頭放了一塊絲綢布，布裡小心的包著一個老舊的鈴鐺。

絲綢上繡了二句李清照的宋詞。

雁字回時，月滿西樓。

花自飄零水自流，

「你把這詞記住，不能告訴任何人，持鈴的人來取時，讓他把詩寫下來比對，每個字都寫對了，才能讓他拿走。」

原來這詩是一個古代的保險箱密碼，用來核對提取人的身分。

「這鈴鐺是什麼？」

「物主來領的時候，你自己問他吧。」葉三照例的冷淡，想都沒想的就把事情推到春分頭上。

不過他有點疑惑：「饕餮那傢伙，怎麼知道鈴鐺在我們這兒？」

「他不應該知道嗎？」

「除非物主告訴他，否則誰會曉得有人在我們這兒寄放了重要的東西。」

葉三的疑慮是有根據的，要拿取這個鈴鐺，只需要講出相當於密碼的詩句，這簡直比自行車鑰匙還不靠譜。

那為什麼不乾脆用複雜一點的鑰匙呢？這邊就要反向思考，鑰匙可轉移，會遺失，風險太高了，相較之下，密碼只要不說出去，就永遠存在腦子裡，不會被人竊取。

這表示寄放這東西的人，不希望除了他之外的人能弄到鑰匙，這個鈴鐺必須只能由他一人持有。

那麼，以春分這個前系統工程師的邏輯來思考，那不如把防盜措施改成另一種型式：不要讓任何人知道，鈴鐺被寄放在葉家。

想竊取鈴鐺的人，找不到目標，縱然有神一般的技術，一樣莫可奈何。

葉家又是使用口耳相傳的管理辦法，所以為了保證東西放在葉家可以提領出來，不會因為葉家出了什麼意外，導致情報失傳，又或是連自己都沒辦法記住密碼，這個密碼自然是越簡單越好。

總而言之，如果被人知道鈴鐺寄存在葉家，這防盜機制就形同虛設了。

饕餮這傢伙看起來交友複雜，愛嚼舌根，說得好聽點，叫做消息靈通，講難聽點就是……

這事先擺一邊不管。

思考了好一陣子，今天的春分，決心要履行一些做哥哥的責任。

首先他想先從關心葉三的生活，幫忙做家事著手。

葉三平常一個人，不知道吃得營不營養，好不好吃，他想陪葉三吃頓飯，一起聊聊天。

「今天的晚餐，讓我來煮吧？」

「啊？」

「我想和你一起吃飯。」

「為什麼？」

葉三面對這莫名的要求，渾身防備了起來。

面對著葉三的防備心，春分當時是有些震驚的，畢竟也認識好一陣子了，他一點都沒想過自己會被拒絕，甚至被一臉嫌惡，他心裡有點受傷。

「這個……」春分趕忙想了個理由：「我最近學了幾道菜，想煮煮看，你幫我試試味道？」

葉三滿臉狐疑：「好吧。」

葉家的店鋪是一間獨棟的別墅，佔地不大，不過有三層樓，坪數湊一湊也算夠用。地下一層是倉庫，一樓做店面，二樓以上當住家。

廚房和客廳都設在二樓，春分有上來拿過幾次熱水壺，原本還以為做古董的人家裡會非常自然的擺個民初屏風或是龍椅之類的，但竟然什麼都沒有，上頭就是一般住家，窗外種了幾盆九重葛，傢俱看起來是某北歐品牌，充滿了生活氣息，完全無法和樓下聯想在一起。

問了葉三這件事，葉三好氣沒氣的笑他，說傻了才把商品擺在家裡，他們是做小生意的，沒事往自己家擺古董，用壞了，怎麼賣錢？

有沒有古董店的氛圍是一回事，看著那些在店內散步的鶴，這兒倒是比較像動物園。

借了廚房，春分想煮幾道家常菜，弄個三菜一湯，首先先炒了個蛋，葉三湊在後頭偷看。

「你會不會啊？看起來很難吃。」

春分這下真的被他刺傷了。

「炒蛋不就是這樣嗎？」

「哪是這樣啊！還我！」

葉三拿回鍋鏟，用春分買來的材料，幾下子弄出了三菜一湯，外加一炒飯，儼然飯店等級的手藝，就連飯鍋裡炊出來的米都不一樣，閃爍著晶瑩剔透的光澤。

春分看得一陣啞然，又看看自己最初炒的那盤蛋，有股窮酸感。

「你怎麼這麼會煮飯？有特別去學嗎？」

「和開茶店的那個傻子學的。」

怪不得是開店等級的手藝了。

「你是喜歡做菜，才去學的嗎？」

「我媽在我很小的時候就走了，我爸又煮得很難吃，所以平常都是我在煮。」

這是第一次聽見關於葉三的母親的事情，原來他母親已經過世了。

氣氛突然變得沉重起來，雖然春分是個社會人士，但面對別人的親人過世的話題，也不曉得該怎麼接話，這種話題，是不管怎麼應對都不對勁。

二人默默的吃飯夾菜，收拾碗盤，葉三煮的菜很好吃，房子裡也打點得很乾淨，春分赫然發現，他其實沒有什麼可以幫忙的地方，他一直把葉三當成一個對他頤指氣使的小少爺，葉三的身上又有種嬌氣，好像不愛做事似的，可是這個小少爺，其實比想像中能幹。

不光是家裡整理得井井有條，店裡做的生意，他也非常清楚。

如果不是因為這些鶴，他一個人顧這間店，是綽綽有餘的。根本不需要依賴春分。

春分想起了自己來這間店的初衷：把鶴還給葉三。

如果能還的話，葉三應該早就把鶴給拿回去了。

他才是這間店的主人，不該是自己。這麼想著，春分心中升起了一種濃濃的罪惡感。

這種奪走某人的人生的罪惡感，讓他的內心有些崩潰。

在某種程度上，春分的母親認為春分奪走了她的人生，這讓她始終無法真心的接納春分。而現在，春分恍惚的感受到，奪走了鶴的自己，恐怕也奪走了葉三原有的人生。

十一、羊怪

隔了幾日，一個看起來高深莫測的中年男人，來到了葉家的鋪子上。春分在這兒工作了好一陣子，店裡還第一次出現這種從頭到腳都體面的上流人士，開黑頭高級車，有穿西裝的司機，男人身上一襲民初風格的青色長衫，四五十歲左右，身旁還帶著二個看起來武功高強的黑衣隨從。

「請問您是？」春分問道。

身旁的隨從立即給了他一個臉色看，好像他不知道這位大人的名諱，簡直是無知無禮。

「這位是將月大人。」

葉三端了茶過來，將先生看見葉三，眼神在他身上打量了番，一副慈眉善目的長輩樣。他道：「你是葉三嗎？長這麼大了，上回見到你，你還是個小娃娃。」

「您認得我？」

「當然認得。我和你父親是老交情了。」

這話一出，櫃檯裡的二人都很意外。

「只是沒想到，你已經當了鶴主了。」將先生說道。

不，他搞錯了。

大約是因為大家都擠在店裡，根本看不出鶴是跟著誰，所以將先生先入為主的以為鶴主是葉三吧？

只是這麼說來，以往那些一看見春分，就知道他是新鶴主的客人，又是怎麼認出來的呢？鶴主身上，難道有什麼不一樣的特徵嗎？

「不，我……」葉三聽得垂下了頭，不知該如何解釋。

春分作勢想幫葉三解圍，小腿肚卻被踢了一下，是他身旁的鶴在踢他。

這當今世上，會被鶴踢小腿肚的，除了動物園管理員，說不定就只有春分了。鶴好像想和他暗示什麼，但春分又聽不懂。

學習鶴語的需求，真是越來越迫切了，無奈這世上找不到一個懂鶴語的老師。

葉三和將先生寒暄了下，隨即切入正題，請對方說明來意。

將先生道：「我來領回我的信物，以前委託你們葉家保管的一個鈴。」

「提領當然是歡迎。但要麻煩您告訴我，您當年留下的暗語。」

將先生笑了下，說出了那幾句宋詞。

「雁字回時，月滿西樓。花自飄零水自流。」

他說得一字不錯，但春分卻皺起眉頭。

和這些大白鶴共事了好一陣子，春分多少也明白他們的脾氣，雖然他們不怎麼給春分好臉色看，不過若是遇到事時，他們必然會提醒，只要他們作勢提醒了，其中就必定有詭異。鶴說了有事，那肯定是有事，他又回想了那絲綢上繡的字。

「將先生，還是麻煩您把暗語寫下來給我，好嗎？」

「有什麼不對嗎？」將先生顯得迷惑。葉三的眼神也飄了過來。

「您提領了物件，我們總得留個紀錄，麻煩您了。」

春分遞上手邊的紙筆，將先生明顯的不滿，但他還是一筆一劃的寫下了剛才讀出的詞。

春分看了他寫的句子，立即明白了過來。

仙鶴滿意的鳴叫了幾聲，彷彿是在說，孺子可教也。

「不好意思，這暗語……不正確。」

「什麼？」

將先生身旁的隨從，反應異常的大，幾乎是想要橫過櫃檯去揪春分的領子。

「這暗語不對。」

「你說是哪裡不對！」那隨從叫罵道。

「請您冷靜點。」

春分的話才正出口，身後的幾隻大白仙鶴竟嘎的一聲衝過櫃檯，張開巨大的翅膀朝著那隨從猛撲過去。

「滾開！」那隨從發出一聲嚎叫。

春分還是第一次見到這些鶴做出攻擊的動作。

這些鶴平常雖然老啄春分的腦袋，但從未認真攻擊過他。

鶴非常兇猛。別看白鶴的身姿纖細優雅，有一則知名的動物紀錄片，是丹頂鶴在野外和野生老鷹對打，大白鶴展開翅膀，足足有二公尺長，比成年男性的臂展還寬，打起架來，是往死裡打，老鷹被活活踹到翻過來，飛不上天，連逃都逃不走。

春分現在就親眼領教到了。隨從想用手臂去擋，鶴立即用喙朝他的眼睛猛啄，他哇的一聲，後頭又有另一隻鶴撲來。

那些鶴團團把他包圍住，奮力圍毆，小小的店鋪裡頓時像被砸了場子一樣混亂，春分想去阻止那些鶴繼續攻擊人，身旁的葉三卻也遭了難。

將先生和另一個隨從，兩人竟跨過櫃檯捉住了葉三，想把他拖出來。

「放開我！」葉三惱怒的反手打回去。

這群人果然有問題！

暗語錯誤，被拒絕之後，現在是要用強搶的？

春分知道葉三學過一些護身的基本功夫，而且他平日就兇得很，不是什麼溫婉好欺的少年。

可是這兩個人的蠻力極大，葉三的手被他們捉住，像被鐵箍夾住了一般，任憑葉三拚命扭動身體，還是沒法掙脫開來。

一邊是鶴和隨從扭打，另一邊是葉三被襲擊。

兩害相比，春分當然是選擇第一時間去保護葉三。

「給我住手！」

此刻也顧不得禮貌了，春分一拳就往那個將先生的頭上招呼過去，想要讓他放開葉三，但這一拳頭揍在這個將先生身上，竟然穿了過去。

將先生的身體發出了啪的一聲。

是紙撕裂的聲音。

被打的地方整個裂了開來，從脖子橫過肩膀，切出一道平整的斜線，一滴血都沒有流，破口的地方，竟然是紙。

將先生的頭一歪，身子化成了一張紙折成的小人型，飄落在地上。

將先生化成紙人型的瞬間，在場的其他人也全都變成了紙人型，只剩下和鶴纏鬥的那個隨從，還在破口大罵。

定神一看，那個隨從的整個頭都變得像野獸一樣，非常猙獰，頭頂上冒出了一對山羊似的黑色尖角，活像是在一隻羊的臉上長出人的五官，鶴的羽毛被他扯得亂飛，好幾隻的翅膀都掛了彩。

「快點讓開！」葉三大叫道。

他手中捏出了幾張折成六角型的黃色符紙，貌似是有對付這羊怪的方法，但春分卻沒有退讓開來。

非常奇怪的，普通人應該早就嚇傻了，他卻一點都沒感覺到害怕，而且心中彷彿有一個念頭，就是自己有辦法應對這個羊怪，這東西對他而言，像是小蟲似的，並不具威脅性。

他也不清楚具體要怎麼做，茅山道士畫符唸咒的功夫，他是一樣都不懂。

不過反正心裡清楚這羊怪根本沒有反抗自己的能力，他隨便的伸手朝羊怪一捉，羊怪竟然發出了淒厲的慘叫，倒在地上，再也不動了。

地上一片的狼藉，破掉的紙人偶，被撞翻的首飾架、雜物，還有一個花瓶被踩成了碎塊。

羊怪用扭曲的臉吐出了最後一口氣，他已經完全失去了人類的樣貌，變成了一隻裹在紙西裝裡的枯瘦羊屍。

鶴們退到了一邊，梳理起各自凌亂的羽毛，葉三雖驚魂未定，但很快的恢復過來，他拿了一把米灑在店門外，迅速的掛上休息的牌子，把店門關上。

「你做了什麼？」他問春分。

「我……我不知道。」春分望著自己的手，和葉三一樣的疑惑。

※※※

店裡沒有太大的損害，就是東西散了一地，兩人花了幾十分鐘打掃了下。

進店裡來的另一名隨從、將先生、還有那司機竟然全是紙人型，春分在對面馬路上找到了一艘紙船，肯定就是這群人開過來的高級車。

葉三拿了個火盆，把這些紙折連著店門口種的抹草一塊兒燒了，又讓春分找張草蓆，把羊怪的屍體包起來，這羊屍看起來枯瘦，實際的重量是一點不少，幾乎和一個成年人一樣重，春分花了好大一番力氣才把羊屍裹進草蓆裡綁好。

據說古代的窮人買不起棺材，屍體就用草蓆隨便捆一捆扔坑裡埋掉，經過這一場忙碌，春分再也不敢說這叫「隨便捆一捆」，敢情這比把屍體裝進棺材裡抬走要累得多。

在店裡幫忙也有一陣子了，春分還是第一次遇到打鬥場面。

小說或連續劇裡演的，盜墓的，搞風水的，賣古董的，通常都有一身的高強武功，看來果真不假。

「這羊該怎麼辦？」這能算是羊嗎？

「抬去燒了。」

葉三給了一個地址，位置在一座稍遠的山裡頭，至少要開幾個小時的車。

比較意外的是，平常大門不出、二門不邁的葉三也跟著過來了，他一臉若有所思的坐在副駕駛座上發呆，春分便問他，是否知道這羊究竟是什麼東西。

葉三沒正面回答，料想也是心裡沒底，不過他倒是提起了「將家」的事情。

他和春分做了個簡單的介紹。所謂的將家，是一個年代久遠的修仙門派，最早能追溯到中國的宋朝，那個年代，兵荒馬亂，算是妖異的全盛期，人類屢受侵害，有一位有能者便在鄉里的推舉下，出面集結了一個民間團體，教導一些有心的年輕人修行，讓他們維護鄉里間的安寧。

這位有能者是真的有能力，他的教導非常有效，於是不分地區，眾多的年輕人投到了他的門下請求指導，入室弟子全跟隨著改姓「將」，是為將家。

門派一夕間火熱，要錢有錢，要人有人，不過當年將家的領導者們並沒有被名利沖昏頭，他們認為樹大招風，必會壞事，將家便不再隨意招收弟子，只揀選菁英份子入室。一直到現今，將家的核心成員始終不多，但只要報上將家名號，必然是惹不起的強者。

「那這個將月是什麼來頭？是真的有這個人？還是那頭羊胡扯的？」

「是真的有這個人。他就是將家的創立者。」葉三道：「我也不曉得真實的內情。不過我爸提起過，他說那個人，從唐朝活到現在。」

活得這麼久，豈不成仙了？不過仔細想想，將家的確是個修仙門派。

只是這樣算起來，這人有足足一千歲！多麼可怕！

平日聽到什麼修仙教主之類的，都習以為常的覺得他們是騙人的，聽過去就算了，也不會有被騙的感覺，突然遇到一個真貨，一下子不知該如何作想。

「這是真的嗎？」即使經歷過眾多光怪陸離之事，春分還是忍不住問。

「我是見過這個人，可是當時我太小，記不得了。格子裡的鈴鐺，就是他寄放的，說是每隔幾十年，他就會回來取。幾十年後，鈴鐺又會莫名的回到格子裡，等他下一回再出現，再回來取，就這樣周而復始。」

「我們得和將家那邊說一聲嗎？」

告訴他們，有人謊稱是你們的家主，跑來搶劫。

葉三搖搖頭：「沒必要。我們做生意的，客人家裡的糾紛，心裡知道就好，不要去介入。」

車隨著導航開到了山路的盡頭，天色已經逐漸暗去，夜暮之中，能見到遠處的幾間破落房子，水泥建築周圍亂七八糟的搭了些鐵皮屋，還有一間看起來像是小廟的磚房。

荒山偏僻得連路燈都沒有，車子停下的聲音，在這安靜的地方顯得特別的吵鬧。

在遠處破房子門口，春分看見一隻大白鶴立在那兒，身旁還帶了一位老人家。

原來他們開車抵達前，白鶴已經先行去通報了。

「徐叔！」葉三喊道。

那就是一個非常尋常的駝背老頭子，穿著一身的舊工作服，整個人灰沉沉的，不過看得出他的身體還很硬朗。

徐叔很矮，連葉三都比他高上一個頭，後頭幾條土狗跟著徐叔一塊兒出來，對著葉三猛搖尾巴，卻對春分吠了幾聲。

「乖，小黃，小花，好乖。」葉三被那幾條狗給包圍了，「徐叔，好久不見，最近還好嗎？」

這人大約是葉三熟識的長輩，見到葉三，也是難掩笑容。但他正想要開口，眼神卻越過葉三，落到了春分的身上，表情一變，語氣中充滿了敵意。

「你是什麼人？」

果然，這個人也一眼就認出了他是新的鶴主。

「我再跟您解釋，徐叔，要請您幫個忙，可以嗎？」葉三趕忙打圓場。

春分把放在後車廂的羊屍抱出來，徐叔領著他們繞過房子，靠山的那一側出現一塊修整過的地，山壁上有個磚窯，窯相當的大，是成年人都可以直接走進去的尺寸。

三個人開始動工，把羊屍塞進去，添上柴火，封窯口，點上火後，徐叔說這還要燒好一陣子，要慢慢等著。

原本還擔心會有烤羊肉的味道，幸好沒有。搞完這些，天色都暗了，可又還沒到晚餐的時間，葉三不知道什麼時候已經弄了下酒菜過來，說是晚餐前給大家墊墊胃。

酒是徐叔平常喝的高粱，搭配一點加熱就能開吃的魚乾花生辣椒灑點鹽這樣的組合，隨便的湊了組桌椅，一行人就在看得見窯的地方坐下。

面對一個完全不熟悉的老前輩，春分顯得有點緊張，不過瞧他的動作，人家早看穿他是個外行人。休息了一會，幾口高粱下肚，徐叔便和他解釋，為什麼要把妖的屍體載到這山裡頭來燒，而不是隨便挖個坑埋掉。

「這些妖物呢，天生天養，和世間的聯繫緊密，一旦死去，屍骨若是埋於自然之中，很有可能突生變異，甚至以另一種型式重返人間。」徐叔用濃重的口音解釋道。

羊屍若是隨便棄置，說不定會變成另一種東西跑回來復仇。

那人殺了妖，要怎麼處理妖的屍體呢？古人就發現，燒磚的窯常年生火，火對妖物而言是一種剋星，磚又有土地之氣，這一燒一鎮，還真的有用，窯一燒下去，大家就是塵歸塵，土歸土，永遠消滅了。

不過如果是活著的妖物就不能用這個手段，有眾多案例是妖物被燒進了磚裡、瓷裡，仍有辦法繼續作祟。

這塊山地是徐叔家裡的祖產，出產少量的黏土，以前這山上周圍還有一些村落，家裡的人就燒製一些壺罐碗盤、磚瓦之類的，就近賣給山裡的住戶。後來不知怎的認識了幾個來山裡看風水的，說這地方遠離人煙，不受污染，很適合拿來燒一些不好的東西。

大家口耳相傳，就會帶些禮品過來請徐家人幫忙。

近年來做這行的人幾乎沒有了，路開到了山上，徐家人都搬去城市了，只剩下徐叔，別看他身強體壯，他都八十歲了，現在下山於他而言也沒什麼意思，就一個人帶著幾條狗，在這山裡守著祖宅。

葉家以前常和徐家有生意往來，一直到葉三這一代，他們都還保持著不錯的交情。

徐叔這樣的獨居老人，平常吃得很簡單，就是自己種點青菜炒了吃，屋子裡連肉都沒有。幸好葉三早有準備，帶了條臘肉過來，切了一半炒高麗菜，一半煎了直接切片配蒜頭。

再搭著剛才的酒和辣椒花生，很豐盛了，只是這頓飯吃得有點悶，感覺三個人都很多話想問彼此，但不方便問。

大概十點多，徐叔看了窯的溫度，說燒得差不多了，他們可以離開了。

葉三說擇日再補送禮品過來，徐叔把他拉到一邊去，春分隱隱的聽見徐叔在發脾氣，問葉三說這麼大的事，怎都沒找長輩商量，問他以後有什麼打算。

春分去開車，後頭的話就沒聽到，葉三上車的時候，臉色很糟，回程路上，兩人一路無話。

※※※

春分告訴我那晚從徐叔那兒回去之後的事。

「那晚我回家後，心裡也很煩，正巧我有個朋友打了通電話找我聊天，最後我決定把工作辭了。」

「啊？」我對春分的話不能理解。

主要是那時候，春分發現自己與葉家的關係不單純，這事讓他非常的困擾。

「那時我還在公司上班，葉家的工作，也不是每天都有，我安排自己的休假去做就好，周末我也都會過去，但始終就是幫忙的性質。」

春分道：「那人是我上一份工作的同事，人很好，我們一直有聯繫，雖然我沒和他說得那麼清楚，什麼古董店呀，妖物的事呀，我都沒和他講，就是和他講了關於葉三的事。他聽了以後，勸我要多花點時間在葉三的身上。」

可能那人是局外人，看得比較清楚。三言兩語間，就找出了問題的癥結。

「我考量了一下，覺得他說得對，那時工作的公司也不是什麼了不得的大企業，屬於再找就有的類型，辭掉一陣子，專心把事情解決了，對我和他都好。

原本預計花個半年到一年的時間，來解決和葉三之間的問題，沒想到……」

即使他說這個故事給我的時候，事情都發生幾年了，回想那個時刻，春分還是緊蹙眉頭。

「我和葉三說，我想把工作辭掉，專心在他這兒幫忙，忘了究竟是怎麼和他談的，我問他能不能算點時薪給我，我可以付點房租。」

「你幫他做事，沒和他領過薪水呀？」這真是我聽故事到現在最驚訝的一件事了。

「沒有哇。」

春分一直有正職的工作，所以他真沒想過要和葉三領薪。

葉三好像覺得這是個窮極無聊的問題，他說，儲藏室那邊有個架子，你不會自己拿嗎？

春分下了儲藏室一看，簡直要昏倒，整個架子上都放滿了他們之前收的那種紙磚塊，符紙包的，報紙包的，堆得整個架子都是，放在下層的都生灰塵了！

看來葉三收了這些磚頭，大部分是拆都沒拆，就原封往架子上一擺。

他拿了一塊拆開，裡頭是實心的鈔票，光這一捆就不曉得是幾十萬元。葉三就把整架子的鉅款晾在這兒。

見葉三平日生活很簡單，除了買菜，繳繳水電，幾乎沒有其他消費，他這樣的生活，搞不好三年五年都拆不到一捆。

「你怎麼把錢這樣放呢？很危險啊！萬一有小偷闖進來怎麼辦？」

上回他們才和羊怪打過一場，春分是心有餘悸。

羊怪也就算了，他們衝著這間店來，要的肯定不是人類的金錢，可是人類的竊賊，會想要人類的錢，而且也會傷人。

「以前都是這樣放的呀。」

「為什麼？」

「我爸出門的時候，就直接從裡面拿幾捆，比較方便，他去的地方，幾乎都是用現金。」

「那也不必放這麼多，拿一點去銀行存吧？」

葉三又露出那種煩死了的表情：「愛存就拿去存。隨便你。」說罷，端著茶壺離開了。

結果春分還沒離職，兩個人就為了錢吵架了。

十二、一隻腳

三不五時聽著門外我爸媽為了錢吵架，金錢帶來的困擾，我真是太明白了。說錢是身外之物的人，都是假裝超然，錢本身是一種日常用品，就本質上和其他物品沒什麼兩樣，就好像牙膏的擠法，拖鞋的擺法，一來一往，兩個意見相左的人就能瞬間吵翻。特別是錢，錢是每天都會出現的東西，幾乎比人的內褲還要形影不離，接觸得頻繁，爆炸的機率就更高，所以人認為錢特別容易讓人吵架，實則不然，只是正常能量釋放罷了。

這場小吵，讓春分煩惱到不行。

剛下定決定要和葉三好好相處，關係就變得惡化，簡直是上天在和他開玩笑。周末來到店裡的時候，葉三拿了紙條和錢給他——以前葉三叫他辦什麼事，是不會拿錢給他的，從這一回開始，他終於附上錢了。他讓春分去買這紙條上的禮品，開車去山上找徐叔。

禮品主要是一個大紅包，幾瓶老酒，一些甘貝、乾魷魚之類的乾貨，春分去專門的傳統市場轉了一圈才把東西買齊，又想到上山時差不多是中午，就請餐廳煮幾個能放久的菜，讓他外帶打包上山。

春分一開始是想討好徐叔，希望能從他口中打聽關於葉家的事情，但念頭一轉，又覺得這樣會被葉三討厭，所以還是作罷，打算老實的送了禮就返回。

幾隻大白鶴躦進休旅車後座，在後座一屁股坐下，從後照鏡裡看見乘客是幾隻正經八百的仙鶴，有種莫名的荒謬。

打開車子的音樂，不知道大白鶴喜不喜歡流行樂？

大白鶴朝著駕駛座的椅背猛啄了幾下表示抗議。

唉，不喜歡這個歌手啊？

路上的車越來越少，連路旁的房子也越來越少，待視線範圍裡只剩下雜樹叢和山的時候，他看見了徐叔的磚房老宅院。

上回來的時候，滿腦子都是後車廂的羊屍，沒心思好好欣賞，現在一看，這山綠得深邃，遠處抹著一絲淡色的灰霧，即使是普通人，都能感受到這山中非凡的靈氣。

只是這靈氣有點寒冷，讓他有股不寒而慄的感覺。

聽到車子的引擎聲，幾條土狗奔出院子，朝著車頭猛吠，那些狗對著他發出警示的咬牙低嗚，與春分遠遠的保持距離。

春分開車門讓後座的大白鶴們下車，鶴們一溜煙的蹦跳到小廟那邊去，春分提著滿手的禮品跟過去，果然徐叔人在裡頭，他淡淡的答了聲：「你來了。」

小廟是紅磚砌起來的，上頭的瓦片看起來都很老了，作工很粗糙，但有一股深黑如墨的顏色從瓦裡滲出來，森森幽幽的，屋子裡非常黑暗，內側都是被香火燻黑的痕跡，但與其說是燻黑，這黑的程度，簡直是之前曾失火過，果然定神一看，磚上有有一些燒碎的崩裂，神桌上不知道擺著什麼，都是灰塵。

徐叔鬼魅似的從小廟裡走出來，引著春分到他住的三合院放東西，客廳的桌椅也都積了一層薄薄的灰，徐叔這個人給人的感覺就是灰撲撲的。

上回在這兒吃飯，是在戶外吃，戶外的桌椅上有沙土，屬於正常，他沒覺得怎樣，哪想得到連房子裡頭都全部是灰。

這些灰難道是後頭那個土窯燒出來的遺留物？

他沒問起葉三的事，好像他沒來，並不意外。

徐叔點了下禮品，開了瓶酒給春分做招待，這好像是種事成後的禮節，春分還要開車，禮貌的拒絕了，徐叔也不介意，自己喝了起來。

「你有見到神桌上的東西嗎？」

如果剛才沒看錯，神桌上應該要擺神像或是牌位的位置，放了一個令人不解的東西。

那東西的大拇指靠左，所以是一隻右腳。

那是一隻人的右腳，大約是從小腿的一半處截斷，燒成了純黑的碳，但形狀非常清楚，有完整的腳趾，以那個長度比例看來，腳的主人是個矮小細瘦的人。

徐叔說，那是他們家的一個祖先，上回徐叔有和春分大概介紹他們徐家是做什麼的，除了燒製陶器外，就是替一些人做「火葬」。

當年這裡就是個道路不通的山村，所有的居民都非常的貧困，連吃上飽飯都難，徐家雖然能額外賺點燒製陶器的收入，但也只是過得比真的家徒四壁的村民們好一點點而已。

可是外頭來的那些風水師、盜墓賊、收妖師父就不一樣了，他們再怎麼窮，來到這窮山上，也變成有錢人，當時他們給的報酬大大的貼補了徐家的生活，徐家從赤貧提升到能吃飽的程度，過年過節還有幾口肉吃，徐家人都很高興，但他們沒想過會出事。

如前面所述，當時的徐家人就是山村中的居民，沒有知識文化，樂呵呵的覺得是天上掉錢下來，完全不會去想這工作這麼邪門，會不會有什麼風險。

過了差不多十年，徐家的這個祖先，叫做阿義，是家裡的年輕男人，火葬的工作自然是由他在負責。

某天有一群人用牛車拖了一個屍體上來，屍體非常巨大，牛車都裝滿了，車輪被壓得嘎嘎作響，這東西是一隻猛獸，有金色的皮毛，皮毛上染了不少黑色的血，因為是被殘忍的殺死，整頭獸血肉模糊的，爪子和牙齒都被拔光了。

說是長著猴子臉的老虎，有金毛利爪，耳朵尖銳像貓，現在聽起來，這可能是一種變異的豹。

他們說是在山裡獵到的，山上出了這種東西，不是被當成山神，就是被當成妖物。這些人殺掉了巨獸，覺得這東西邪門，怕被報復，就運來這兒燒。

屍體是從很遠的地方運來，但幾乎沒有腐敗的味道，皮毛還有一股沉香的氣味，非常奇怪，只能說這真的不是普通動物。

因為屍體太大，阿義沒辦法塞進窯裡，他又想賺這個錢，便心生一計，他讓那些送屍體來的人回去，說交給他處理就好，那些人回去之後，他試著把屍體支解，想分次塞進爐子裡。

但奈何這獸太恐怖，他做到一半就放棄了，心想反正也是要燒掉，就在空地搭了個架子，弄點柴火，隨便的在露天把這屍體給燒了，燒完以後就把剩的骨頭敲碎，扔到他們清理爐灰的地方，和長輩們說已經把獸扔進窯裡了。

隔沒多久，徐家的一個孩子傍晚回家時，說見到路上有一個很大的獅子頭。

孩子也搞不清楚那是啥，在他腦海裡，和那東西最相像的就是廟門口的獅子，他就說是獅子頭。他說，就是一個從地裡長出來的獅子頭，眼睛亮亮的，他走過去時，那獅子眼睛就一直瞄他。

又隔了幾天，村子尾的一個寡婦不知怎的受了傷，小腿被抓了一大道血痕，蹲在路上哭喊。人家以為她跌倒了，寡婦罵道，說她去田裡種菜，突然覺得腿上一陣的燙熱，手一摸，竟然全是血，她心想是被什麼東西刮傷了，這麼嚴重，才看見田裡伸出了一隻像是從地裡長出來的虎掌，爪子上沾著血，還在動。

她嚇壞了，連滾帶爬的逃回村子，村民們去田裡找，什麼也沒看到。

這事就很自然的和前幾天小孩子看見獅子頭的事情連結了起來。

接著幾天，又有人看見屋簷長出了在動的尾巴，還有像大貓的黑影，快速的在樹叢中穿梭。

村子裡就幾戶人家，大家都是近親遠親，大夥兒合議了下，覺得是前陣子燒的那隻巨獸回來報復，阿義才坦承他沒有照步驟去燒，骨灰還亂扔掉了。

村民很害怕，下山去打聽當初送巨獸過來給他們燒的那些人的事情，因為他們的陣仗挺大，有快十個人，還有牛車，所以在山腳的鎮子很快的打聽到了他們的消息，原來這幫人全是山上的獵戶，專門捉熊、豹子之類值錢的猛獸賣給商人。

他們打聽到一座深山裡有豹子，就去設陷阱，沒料到在極深的山裡頭，竟然見到了無法理解的事情。

他們在叢林裡見到了一座非常小的土地廟。

就他們的認知，這山根本沒有人煙，連路都沒有，這座小廟看起來卻像常常有人在打理清掃，相當乾淨，神像前還擺上了新鮮的花朵。

這時他們其中有一個人提出了疑問，這花看起來頂多就擺了一天，但他並沒有見到土地廟的周圍有任何人的蹤跡。

幾個獵戶都是頂尖的，山裡任何動物的痕跡都逃不過他們的雙眼，更何況是人類，繞了一圈，這土地廟周遭還真的一點人的痕跡都沒有，而那幾朵供奉的鮮花也不是這山裡有的植物，幾個獵人沒人見過這種花。

老獵人們有種奇怪的感覺，認為這土地廟可能是某種不好的東西，據說山裡有些無以名狀的東西，會化身為人類熟知的物品，譬如在深山峻嶺中突然見到一張乾淨的椅子，或是一張突兀的床，這就是山魅在作祟。

遇到這種情況就要快點下山，千萬不要碰觸這些突然出現的物品，以免被糾纏。可是他們所在的位置，沒花個三天根本別想下山，獵戶們七嘴八舌的討論了一陣，突然有個人問，我們為什麼要還遷就山魅？

這個獵戶的技術很高明，他說就算山魅來了，他也不怕，雙手空空的下山，沒錢買米才是真正的恐怖。如果有山魅，那他就搶先一步把山魅捉起來，這樣就可以肆無忌憚的狩獵豹子了！

一張豹皮就夠一戶人家吃上一個月，這些獵戶會聚在一起打豹子，也是因為家鄉的山裡已經沒有值錢的動物了，只好不斷的往深山裡頭鑽。這好不容易得來的獵場，誰也不想放手，今天不打，明天豹子就被人打走了，沒賣到錢，怎麼有臉回家？

在貧窮的面前，這幫人心一橫，開始在土地廟附近設陷阱，他們推斷土地廟前的鮮花如此新鮮，那個整理花朵的「東西」肯定會在花朵凋謝前再出現，他們頂多就等上二天。

果不其然，第三天的凌晨，那東西就出現了，躲藏的獵人們全都嚇壞了，那是一頭閃爍著金光的巨獸。

他們從沒見過這種獸，只聽得有人渾身顫抖，喃喃說道：「發財了，發財了……」，金毛巨獸的嘴裡含著幾朵豔紅的花朵，就是供在土地廟前的那種，巨獸把新的花朵放下，小心的把舊的花朵撥到地上，用土埋起，接著趴在土地廟旁休息了起來。

如果出現的是典型的惡鬼，或是樣貌古怪的人，這些獵戶沒準還會放棄，但這頭巨獸金光閃爍，實在是太美了，美得讓人的心都起了變化。在巨獸充滿威嚴的美麗下，幾名獵戶陷入了高度興奮的狀態，做為獵人的狩獵衝動完全被勾了起來。

帶頭的人打了個信號，要大夥兒緩緩，他的意思是，他要跟蹤這巨獸去他的巢穴。

巨獸休息了一陣，在天色將要轉暗之時醒了過來，看樣子是要返回巢穴了，幾個獵人屏氣凝神，保持著所能追蹤的最大距離，極其保守的跟隨這隻巨獸，翻過了半個山頭，巨獸的巢穴意外的近，在一個山壁的洞穴之中，幾個獵人又守了一晚，等待巨獸第二天離開巢穴，偷摸進洞穴裡，要設補捉巨獸的陷阱。他們進了洞穴，驚訝的發現，這洞穴不是天然的，而是人工開鑿的。

山壁上有許多人工修鑿的痕跡，再往洞穴深處前進，出現了一段往下的石階梯。

一行人斷定這個巨獸的巢穴肯定就在這個石階之下，他們讓一個膽大的人在腰上綁著繩子先下去，那個人下去摸了一陣，說底下是一個破敗的古墓。

古墓非常的小，裡面很乾爽，大約是被巨獸當成是住所。墓室的山壁上開著豔紅色的花，就是巨獸銜了拿去獻在土地廟前的那種。

棺材是石製的，裡面什麼都沒有，是全空的，他們是獵人，不是盜墓的，看了心裡害怕，趕緊就退了出來，回到洞穴外，巨獸還是要捉，他們就在洞穴口設了陷阱，很順利的圍捕到了這頭金色的巨獸。

可是捉到這頭巨獸之後，他們反而一下子不知道該怎麼辦才好了。他們終於意識到自己殺死的可能是不該碰的東西。

帶上山的糧食耗盡了，也沒有打到豹子，唯一的收穫就是這頭巨獸，他們最終只得把巨獸扛到最近的一個山村，村子裡的人都沒見過這種猛獸，以為這是山神，擔心會被神明降禍，於是急巴巴的把獵人們趕走，獵人們只好又扛著巨獸下了山，去了一間道觀，求問到底該怎麼做才好，道觀的主人見了這屍體，才讓他們去找徐家。

獵人殺死這巨獸，算是弱肉強食，符合常理，而且獵人並沒有對巨獸不敬，是正當的與他搏鬥，將他獵殺，巨獸死後，還送他的遺體去火化，巨獸對這些獵人沒有怨恨的理由。

徐家如果好好處理，這事就算了，沒想到出這樣的岔子。

徐阿義收了酬勞，卻隨意燒燬屍體，還將骨灰棄置山間，這就是個斗大的作祟理由了。

戰犯呼之欲出。村民們都很害怕，也無能為力，只好把阿義趕到外頭的小柴房去住，這意思就是冤有頭、債有主，讓妖物衝著阿義一個人去，不要傷及無辜。

村民完全的放棄了阿義，他是既恐懼又生氣，在他最後活著的那幾日，村民們都不願接近他，只見到他在路上團團轉著，好像在想著應對的方法，又會對著村民們大吼大叫，憤怒哭嚎。

幾天之後的夜裡，阿義所在的柴房發出了悽厲的慘叫，村民們躲在家裡，沒人敢探頭出去看，接著柴房燒了起來，阿義就這樣死在裡面。

阿義的遺體整個燒不見了，不知道是燒成灰還是如何，村民給他辦了個簡單的喪禮，就在頭七這晚，在靈堂守夜的家人，聽到了門外有敲門的聲響，心裡覺得奇怪，誰大半夜的還跑來，也不說話，他們都不敢隨意開門，這時有個人指向那門，說：「敲門不是應該在手的位置敲嗎？這是在踢門啊。」

仔細一聽，那聲音真的是從門板的下半部傳來的，是用腳在咚咚的踢的聲音，而且很急促，像是在表達「快點讓我進去」。可是當時在場的人全都決定不開門，除非天亮，否則說什麼都不開。

踢門的聲音急了，踢得越來越響，就在這個時候，屏氣的徐家人都聽到了一陣古怪的野獸聲響，呼嚕呼嚕的聲音，像雷一樣，不知道究竟是多巨大的猛獸才能發出如此的低吼。

踢門的聲音瞬間停了，門裡的人聽見有東西在外頭咬了什麼，接著咀嚼了起來，嘎啦嘎啦的，聽著像在嚼裡頭有軟骨頭的肉。

咀嚼的聲音緩緩消失，越走越遠，屋裡的人繼續堅持，直到天色大亮，他們才開門，門一打開，就看見有一雙燒成碳黑的「腳」立在門前，小腿一半以上的部位全都不在，就只立著一雙腳。

這就是那隻小廟裡供奉的腳。

「……村裡的人害怕再作祟，透過介紹，請了葉家過來看，當時的鶴主，就和我們要走其中一隻腳。把一雙腳拆開，讓他不能走動，就無法害人。

一隻給葉家帶去藏起來，另一隻就留在這兒祭拜。」

「那隻巨獸究竟是什麼？」春分問。

「猜測是古人養來守墓的猛獸。」徐叔道：「獵戶對古墓不熟悉，他們下到墓裡，以為是空墓，空墓裡怎麼會開鮮花呢？那肯定是掩飾用的假墓室，山壁後頭還有真正的大墓，花就是從裡頭長出來的。

只是已經無可考了，沒人知道當年獵戶們進的山是哪一座。」

為什麼有土地廟？巨獸又為什麼要獻花？

關於這些，徐叔也有自己的一套論點，年少的他肯定對這故事十分著迷，只是都已經不重要了。

徐叔再活也活不了幾年，徐家的後人對這個故事已經完全失去興趣，對這座沒有經濟價值的山頭不聞不問，他們現在的確是過著徐家先祖夢寐以求的生活了，脫離貧窮，不止是吃飽，可能還需要減肥，所以就算把這些故事都忘了，也不能說他們對不起祖先。

這個故事在徐叔這一代就會打住，接著永遠消失了吧？徐家的故事告一段落，而葉家，隨著鶴主一代代的傳承，還會繼續下去。

春分終於決定要問：「徐叔，您認識之前的鶴主，他是什麼樣的人？」

只是一如預料的，徐叔扇了扇手，避而不答：「你知道又有什麼用呢。」

聽了這麼久的故事，飯菜也都吃完了，春分沒有再待著的理由，只得乖乖離開。

原本坐在後座吹冷氣的白鶴們，下山的時候不知道都跑哪去了，春分也沒空叫他們，便自己開車走了。車開了沒多久，大概不到十分鐘吧，春分看見大白鶴飛過他的後照鏡，他們停在路上，好像在攻擊著什麼。

他們在攻擊的竟然是那隻黑色的腳！

明明是炎熱的午後，那一刻春分整個人都涼了下來，那隻腳竟然跟蹤他，難道是想要跟他回葉家，找尋他的另一半？

可惜那些鶴沒打算讓腳稱心如意，狠狠的啄了一陣，春分繼續開車，到半途時，幾隻鶴趕上了他，表示這事已經處理妥當，可以放心回家。

春分突然察覺到，徐叔花這麼多口舌去講述自家的故事，難不成就是為了讓那隻腳意識到自己是鶴主，只要跟著，就能尋回另一隻腳？

徐叔說想讓這故事在他這一代結束，這句話，也許是有一個深長的意味。

十三、瘟人

這個故事很長。不過我耐著性子聽完了。春分一停下，我就立即問他：

「所以那隻腳呢？現在在哪裡？」

「葉家收著的那一隻，還在倉庫，徐叔的那一隻，我希望永遠不要知道他的下落。」

「萬一他真找上門呢？」

「他想去哪裡，也只能讓他們去了。」

他們會去找徐家的後人嗎？

還是繼續不斷的逃跑？

巨獸可能是故事裡最無辜的了，安靜的生活在渺無人跡的深山裡，卻被不知道哪跑出來的獵人給殺死，說不定他是古代的孤種，世界上的最後一隻，他死了之後整個種族就宣告絕種，實在可惜。

我會這麼想，大概是最近看了些恐龍的雜誌，這麼多了不起的巨獸，稱霸了地球數億年，最終還是逃不掉滅絕的命運，變成地底的一堆化石。

別說在宇宙間，人類的歷史放在地球上，都是微不足道的短暫，隨便一個深山老林就能藏著誰也沒見過的東西，人類的知識就是如此淺薄，目光如此狹隘。

就像這故事裡頭，最後徐家防著的，不是妖物，而是自己的祖先。

至於襲擊葉家的羊怪，也不知道是哪裡來的、又或是誰派來的？

春分這部分沒有講得很清楚，我直接問他道：「你是怎麼識破那頭羊在騙你？」

「是錯字。」春分答道。

在事件發生不久後，在一個令人昏昏欲睡的午後，一個年輕人輕敲了葉家的店門。

這個少年的皮膚曬得黝黑發亮，體格精瘦，看起來是非常喜歡戶外運動的類型，他騎著一輛越野自行車，背後除了登山包外，還背著一個釣魚桿袋，活脫脫一個熱愛運動的陽光少年。

說他是想登山露營，在中途迷了路才進店裡敲門問路，都不奇怪。

「你好。」

少年一進門，目光就落在春分身上。

「你是新的鶴主？」他笑著自我介紹：「我聽說有人冒名來領我的東西，順路過來瞧瞧。我姓將，叫我將月就可以了。」

將月？

就葉三的說法，他就是那個在傳說中從唐朝活到現在的奇人。領導著一個強悍的門派，可說是一代宗師的地位。

但眼前這少年大約只有十七八歲的年紀，看起來和葉三差不多大。

櫃檯後頭的鶴嘎嘎的叫了幾聲，那是表示歡迎的聲音，他們對將月的尊重，明顯比對春分來得尊重度更高。

「你們也好久不見了。」將月熱情的和鶴們打招呼。

他給鶴們帶了一些隔壁茶店賣的桂花糕，鶴們唱歌似的回應。儘管那歌聲和嘎嘎亂叫也沒分別。

就像丹頂鶴長得這麼美，一副破鑼嗓子卻與他們的美貌完全不符，眼前這人的外表年齡和他的經歷儼然也是不符的。

有了羊怪的前車之鑑，春分倒也不多問，就拿了紙筆給他，這名少年的字極其端正優美，若是不說，還以為他是什麼全國硬筆字冠軍。他很快的在紙上寫下那做為暗語的幾句詞。

春分一看，沒錯。絲綢上繡的，是宋代詞人李清照的一剪梅。只是這詞中，有著小小的錯字。

雁字回時，月滿西樓。

花自飄零水自流。

雁字繡成了匯，而零字上方的「雨」部，繡成了「西」。

上回的羊怪恐怕只曉得暗語是詞，沒料到裡面有錯字，這回來拜訪的少年，則是非常清楚的連錯字都一併寫進去了。這有錯字的版本才是真正的暗語。

葉三泡了茶過來，畢竟上回發生了那種事，這回他綳緊了神經。

春分去取了盒子裡的物品，除了鈴鐺外，還有那塊絲綢。

將月看了看鈴鐺，用指腹搓了搓上頭的花案，那些花案是一些凹凸的小方塊交叉構成的，在圓形的鈴上繞成一圈，春分這時才發現那些方塊看來有點像是手機用的條碼，看來這鈴鐺果真是所謂的信物，是一個可以開啟某些項目的鑰匙。

將月拿起自己的釣魚桿袋，從魚竿後頭摸出了一把漆黑的古劍。

原來這魚竿袋是拿來裝劍用的！

不過看了下袋子裡那整齊又充滿使用感的竿子，春分又有種感覺，這些魚竿可能才是重點，劍是順便放在裡頭的。

就算不是專家也能一眼看出這是把不得了的好劍。劍柄尾有一個可以打開的空間，正好能把鈴鐺放進去，放進去的鈴鐺就像一個滾珠一樣，有一半的圓露在外頭，又不會掉出來。

把劍扔回袋子裡，他將手伸往那塊絲綢，如果關於他的故事是真實的，他當真是從唐朝活到現在，春分一見到絲綢時便猜想，這老絲綢說不定就是宋朝留下來的。

老絲綢即使保存得再好，也已經發黃發脆了，上頭的繡線幾乎都要脫落，不知道是費多少心思才完整的保存到現在。

他疼惜的把上頭的詞再看了一遍。

這塊絲綢沒有什麼珍貴的地方，繡功拙劣，還有可笑的錯字，就算是從宋朝留到現在，頂多也就值個民間研究的價值，在藝術層面是半點沒有。

將月剛拿出來的那柄劍才是稀世珍寶，但稀世珍寶他扔在袋子裡，和用舊的釣魚竿放在一塊兒，對這絲綢卻是離不開目光。

「這塊絲綢才是最重要的，是嗎？」

藏在那格子裡的寶物從來不是那個鈴鐺。而是這塊破絲綢。

「是。」將月滿足的笑著。

「這是我太太繡給我的。」他道：「我老是東奔西走，身上的東西留不住，能託你們保管它，真是太感謝了。」

「那麼，那個鈴鐺是？」

「是我的信物，拿到了可以玩尋寶，很有意思的，要試試嗎。」

「不，這就不用了。」

「你和葉貳不太一樣呢，我告訴他的時候，他可是鬧著要去尋寶。」

「葉貳？」

原本在旁默不出聲的葉三，臉色一下變了。

看來這個名字，就是葉三的父親！

葉貳，葉三，這對父子的名字，是讓人印象深刻，又有點無語。

「我……」葉三好像想開口問些什麼，但越是著急，越是什麼都講不出來。將月輕描淡寫的說道：

「別緊張。我知道你想問我什麼，但我先和這位大哥處理一下事情，你去附近幫我訂一桌菜，晚上我請客，我們再談談好嗎？對了，剛路過的一間茶店還不錯，幫我訂那兒吧？」

葉三的喉頭一下鬆了下來：「好。」

說罷他便匆匆離開了。春分捉住身旁一隻鶴的脖子，拜託他跟著葉三過去。

他有點擔心葉三會出什麼亂子，那鶴難得和他有相同的意見，幾隻結伴嘎啦嘎啦的出了門。望著葉三走遠，直到見不著他的背影，店裡的二人才又開始說話。

「可惜葉貳竟然走得這麼早。」

將月低頭喝了口茶。

他的話深深的刺進了春分的胸口。

春分早已預料到會是這個結果，只是他一直不能問，無法印證，現下果然是明白了，所謂的鶴主，代代相傳，上一代的鶴主死了，下一任便繼承上去。

還記得初次與葉三碰面，他坐在店門口前嚎啕大哭，想來是知道父親的鶴被人繼承走，那便表示父親已經過世了。

葉三說他的母親在他年幼時也走了，那麼家裡就只剩下他一個人了。

「可不可以請您告訴我，關於葉三他父親的事情。」春分請求道。

面對春分的要求，將月故弄玄虛的笑了下：「你剛進這行不久對吧？知道規矩不？」

情報本身就是一種有價值的交易物品，春分想從將月口裡探聽情報，就要有能力給出相對應的報酬。報酬不是由春分這邊做決定的，必須是將月認為有價值的東西，而這一行裡，妖物要你的眼睛，要你的壽命，都是理所當然的事。

不是任誰都像饕餮一樣，能用棗泥糖打發掉。如果將月說這情報要用他的一條腿來換，他也沒輒。

「我得怎麼做？」春分認真的提出了挑戰，心中想著今天可能得失去幾根手指頭，又或是腳趾頭，那等葉三訂完桌回來，自己就得去醫院，沒法一起吃飯了。

這表情倒是太過認真，幾乎要把將月給逗笑了。

他突然換了個話題道：「我太太叫阿菊。」

「什麼？」

「你想知道葉貳的事吧？那做為交換，你聽我說個故事，我是怎麼和我太太認識，然後成親，你想聽嗎？」

「當然可以。」

如果說代價是聽人說自己的婚姻小情史，那也未免太容易了。

春分雖然單身，但可不會無聊嫉妒人家談戀愛，將月翻起了菓盒，撿出了松子糖和葵花子，啊了一聲，說這棗泥糖不是挺多的嗎？怎說都沒有了呢？

將月先講了一個前提：「我以前比現在看起來更老一點。」

那是一個非常非常久遠以前的故事。

差不多一千年前，中國的唐朝。

在一個當官的權貴之家，有一個孩子出生了。他出生的時候，據說有奇獸來訪，在他的產房外留下了一個奇異的鈴鐺。

城裡有名的命相師、山上德高望重的老道士、佛寺中修行多年的高僧，在他出生後便接連來訪，他們講的話都差不多，說這孩子有「天命」，希望能將他交給自己來扶養。

那些人並不是來騙人的，這孩子真的是有不得了的天命。

不過家裡人好歹也是名門望族，不可能把孩子交給這些三教九流的傢伙。

父親給這孩子取名叫將詮。

將詮是家裡的次子，這個位置正好，不像長子長孫這麼有負擔，排行又不會太靠後。將詮在金碧輝煌的權貴之家裡快樂的長大。

他從小就非常聰明，悟性極佳，家裡人當然希望他讀書當官，不過他對武術有興趣，家人就還是讓他學。

比起讀書，將詮學習起武功更是不得了，一開始只是教導他一些防身的劍法，他很快的全學完了，最後學到老師都沒有東西教他，他就自己練習，十歲出頭，就已經找不能戰勝他的對手。

這會兒連家人都深深認為這孩子真的是有天命，對他賦予了強大的期望。

「天命是什麼呢？」將詮問道。

「就是你將來會成為偉大的人。」

「偉大的人都有天命嗎？該做什麼事才叫做偉大呢？」

「偉大的人就是能名留青史的人。」

「偉大的人能賺很多錢，妻妾成群。」

「偉大的人知書達禮，能寫好文章，天下人都為之動容。」

「偉大的人就是……」

「那不偉大的人要怎麼辦呢？」

身邊的人，講起天命，講起偉人，都是頭頭是道，有一番見解，但提到庸碌凡人，卻是無一能解，只得把問題推回給他：

「等你知道了，再告訴我們。」

十七歲那年，在當時應該是娶妻生子的年紀，將詮卻早已下定決心，離開家中，去雲游四海，修習劍術。家人深知將詮並非池中之物，不可用凡俗的眼光束縛他，便答應他離開，只道要他好好照顧自己。

他出生名門，深怕自己雲游在外，江湖瑣事會拖累家中名聲，便在踏上旅程之後，改名為將月。

少年將詮離開了家，成了修行者將月。

他追尋著自己的修行，也追尋著所謂的天命，人人都說他有天命，但天命這東西，究竟是什麼呢？

盛唐至北宋，這段時間，世間達到了前所未有的繁榮昌盛，旅途的經歷非常精彩，也讓他見識到世間的悲歡離合，人們崇敬著他，他一開始以為天命會給他什麼偉大的力量，可以行正道，保衛家園，但最後他發覺這所謂的天命好像和這一切都無關。

廣大偉大的世間常理，就像是一陣洪流，人是一滴水，身不由己。

將月即使受到天命的庇佑，可以悠然的獨善其身，但他幫不了其他人。眨眼之間到了北宋末年，政治動亂，生靈塗碳，憑他一己之力，也只是在洪流中滴入一滴墨，轉瞬間就沒有了。

這個時候，他唯一能做的就是保住自己的血親，他想盡辦法帶領了一批人從京城中逃出，躲到偏遠不受戰亂侵擾的山村之中，為了保護這個僅存的家園，他開始教導年輕人武功，成立組織，對抗流寇及附近的山賊。

被保護的人都非常感激他，有許多弟子紛紛自發性的改姓為「將」，自稱是將家的一份子，這就是將家最早的起源。

「我們要跟隨有天命之人！」

無數的民眾以期望的眼神望向將月，跟隨著他。

之後將月的弟子們和他學習了眾多的知識，除了對抗人禍，那個時代的妖異滿街都是，將家也更近一步的開始做些斬妖除魔的工作。

將家的聲名遠播，在業界執掌了不少權力，許多人會不遠千里的來尋求幫助。

有一封求助信就這麼寄到了將家的手中，寄信人是一位雲游僧，說他找到了「瘟人」。

瘟人就是按字面上的意思，瘟疫的瘟，會帶來災禍的意思。

在這世上，和將月一樣，有極其微小的一部分人，與生俱來擁有特別的命數，這樣的人可能是特別聰明，或是有個人魅力，命數會給世間帶來一些影響，像將月的天命，就是為他帶來奇運，助他修仙，而瘟人的命數沒有這麼好，他們唯一會帶來的，只有天災。

地震，水災，饑荒，傳染病，只要瘟人不死，就會一直觸發災禍，一個瘟人的一生，至少能帶數十萬人陪葬。

這特殊的命數，如果被有心的邪惡妖物給佔據了，其結果會非常恐怖，原本數十萬人死去的災禍，會擴張成國對國的戰爭，或是持續上百年的巨大天災。

唯一且最簡單的阻止方法，就是殺掉那個瘟人。

瘟人的數量不多，一百年大約也只出一人，將月帶著幾個弟子長途跋涉，好不容易才抵達了瘟人所在的縣，那個地方陸陸續續的已經鬧了二年的乾旱，雨越下越少，到了今年已經確定產不出糧食，估計到了秋冬，即使下了雨也來不及長作物，會引發大饑荒。

許多能離開的人都在想辦法逃跑，攜家帶眷的要去別的城鎮避風頭，不過能走的也只限不靠土地吃飯的階級，或是其他地方有親戚可以投靠的人，絕大多數的人根本走不了。

看這旱災的規模並不大，應該與瘟人無關，但如果這兒真的有瘟人，這個旱災搭上瘟人的命數，恐怕會成為導火線，引爆下一個未知的巨大災難。

城裡的狀況很不好，連店家都不怎麼營業了，將家人找到了當地的接頭人，接頭人說這信件裡說的地方，是附近的一個窮困農村，騎馬一天能到，那個農村的狀況比城市糟上幾百倍，沿路上都是黃土，連草都不長了。

這趟的目的是殺死瘟人，就算是亂世，也不可能闖進別人村子裡找人就殺，幾個將家人就裝扮成了人口販子，說要進去買僕人。

他們打算把這人買出來，再偷偷的解決掉，當時的人命輕賤，又是鬧饑荒的村子，應該很容易就能成事。

果然一進村子裡，就有餓得面黃飢瘦的男人跑來攔路，說要賣自己的女兒換糧，幾個人假裝在村子裡做交易，將月沒和他們一塊兒，他拎著自己的劍，悄悄的在村子裡頭晃盪。

在一個破到不行的破房子門口，一個乾瘦的小女孩，從陰影處望向將月。

小女孩因為長期的營養不良，頭髮都黃了，身上穿著一塊不知道算不算得上衣服的破布，渾身髒得要命。

她肯定知道像自己這樣的小孩子，不乖乖躲在家裡，被壞人看見了，會有什麼下場。

可是村子裡突然出現了這個像是神仙一樣穿著體面的男人，她實在是按捺不住好奇心，就想看看這神祕的人。

將月從懷裡掏出了竹葉包的白米飯糰，向小女孩招招手。

小女孩警惕的看了很久，最後還是屈服於飢餓，將月讓她坐在自己身旁慢慢的吃，小女孩不知多久都沒看見米了，就看她一直嚼，大概是餓得太久了，舌頭吃不出正常的味道。

「妳叫什麼名字？」

「阿菊。」

「好吃嗎？」

「嗯。」

「妳爹娘呢？」

「去城裡了，去城裡買糧。」

看這破屋家徒四壁的，拿什麼去買？將月的心中一涼。

如果不是把老婆帶去城裡換糧了，就是夫妻倆都不會再回來了。

阿菊把剩的飯糰全塞進口中，腮幫子鼓鼓的，深怕有人和她搶似的。

「哥哥，你是人販子嗎？」

將月不知道怎麼答。他不是人販子，可是他現在假扮人販子，所以應該是吧？

「我是。」

「你有看過我姐姐嗎？她叫阿蘭。爹把姐姐賣去換糧了，他本來要連我一塊兒賣，可是那個人販子說我太瘦，不要我。」

「我沒見過你姐姐，她應該去別的地方了。」

阿菊沒什麼表情，一張臉黃黃的，看不出是落寞還是難過。

將月的喉頭有點發酸，因為他已經察覺了，眼前這個快要餓死的小女孩，正是他此行前來要殺的目標。

一個放著不管，過二天也會自己餓死的小孩子。

天把命運降在這樣的孩子身上。

她的人生就只有這麼短暫的幾年，竹葉裡的白米飯糰，可能是她這兩年吃得最好的一頓，也是最後的一餐。待會兒將月就要把她帶離這個村子，一出村子，就會立刻動手把她殺掉。

不知怎的，將月忽然覺得自己應該要和她說明白。

不管這孩子究竟懂不懂，他不想要在這孩子什麼都不知道的狀況下結束性命。

「……哥哥要和你說老實話，哥哥不是人販子，我是來殺妳的。」

「為什麼？」

「因為妳是瘟人。」

阿菊果然是聽不明白，她眨眨眼，仰頭問道：

「哥哥，什麼是瘟人？」

「瘟人就是……」

將月想解釋，卻是啞口無言。

那時候的將月還很年輕。

也許是當時的心情煩悶，又見著這村落的慘況，終於承受不住了，就這樣掉下了眼淚，什麼天命？他連一個小女孩都救不了，他這輩子究竟想做什麼？

如果他得看著這個小女孩死去，那算了吧，天命，不值得。

將月做了一個決定，他要逃亡。

將家是名門正派，他要是帶著一個瘟人回去，全天下的名門正派都要與將家人為敵，更何況將家的子弟們也不見得容得下阿菊，那不如他一個人走，他有能力保護阿菊，如此一來也不會連累他人。

將月是「將家」這個門派的精神領袖，他這一走，自然是在將家掀起軒然大波，不過將家很快的重陣旗鼓，對於將月的作法，一如預料，他們顯得無法諒解。

弟子們諒不諒解自己，將月顯得很沒所謂，這態度讓將家的某些人對他是由愛生恨，可惜他們始終不是將月的對手，程度差得太多，將月要擺脫他們，是太容易了。

他帶著阿菊下山的那一日，兩人找了家旅店投宿吃飯，簡單的三菜一湯，阿菊拼了命的大口吃。

在那之後，她再也沒有餓著過一頓。

將月帶著她四處旅行，一方面是避開人群，另一方面則是積極的尋找能戰勝「瘟人」這個命格的方法。

他始終相信天無絕人之路，必然會有一個方法能為阿菊擺脫命運。

轉眼間數年過去，原本的黃毛丫頭，已經脫胎換骨，長成了一個亭亭玉立的美麗少女。

那個時代對女性的貞節極其的重視，將月一個男人，帶著一個少女四處旅行，關係是撇不清的，按照常理，他得確實的為阿菊的一生負責，否則就得想辦法把阿菊嫁給別的男人。

將月想了想，他一點都不想把阿菊嫁給別的男人。

他張羅了間小房子，沒有家人，沒有親友，就只有他與阿菊二個人，連嫁衣都沒有，就將就的拿了塊布遮在頭上，點起紅燭，辦了個只有彼此的小小婚禮。

阿菊高興得眼淚掉個不停。

對阿菊而言，她也是早認定了自己非將月不嫁。她只是一個山村裡貧窮農戶的女兒，人販子看了都不要的貨色，原本要餓死在山上的黃土房子裡，但突然出現了一個武功高強，願意為了保護自己犧牲一切的男人，沒有人會不為此而感動。

如今還成了他的妻子，在這世上，她感覺自己是最幸福的人。

兩人就這樣結為夫妻，從此過著幸福恩愛的生活。

在婚禮之上，將月贈給了妻子定情的信物。

阿菊非常的感動，也想要回送一樣物品給自己的丈夫。

他們當時住的城裡，女孩子家很流行繡一些漂亮的衣服、手巾，繡功了得的，還能繡詞在手巾上，贈給心儀的對象。

阿菊想仿傚那些手巧的小姐們，為自己的丈夫繡一條手巾，可惜她從沒學過手藝，不懂繡花，連字都認識得不多，她照著店裡給她的樣板，很努力的繡了二行字，幾朵小花，字繡錯了也不曉得，雁字和匯字，對她而言就是長得一樣，將月拿到了這手巾，是一陣的苦笑。

阿菊後來又給他繡了新的手巾，做了衣服鞋子，但最後留在將月身旁的，就這麼碰巧是這一條繡錯了的手巾。

古人的生活環境不好，平均壽命也就三十來歲，阿菊沒有活得太久，二十五歲便過世了。將月一路守護著她，讓她躲過了瘟人的罪名，以一個平凡女子的身分安然的離世。

將月從此沒有再娶，他漫長的人生，就只結過這麼一次婚，娶過這麼一個妻子。

對他而言已然足矣。

※※※

阿菊雖然身為瘟人，一輩子卻沒有引發過重大的災難。

這都多虧了將月的縝密心思。在帶走阿菊之後，他研究了幾乎所有關於瘟人的資料，但瘟人的案例原本就少，幾乎找不到可用的線索。

只有一件事是能肯定的，那就是大部分的災禍是不會突然降臨。

地震、火山爆發、流星雨之類的，算是突然降臨的大災難。可是一般的旱災、水災、饑荒、傳染病等等，則需要長期的醞釀才會造成大量的死傷。

只要不斷的遷徙，瘟人的力量無法在一地累積，就能避免引發某些特定的災禍。

他和阿菊在一起的這幾十年，他們從未在一地居住超過半年，甚至連居住過的地點，他們都會儘量避免返回。

這樣的舟車勞頓，也許是阿菊早逝的原因之一，但當時除了這個辦法，是無計可施。

最後的關鍵，就是將月贈給妻子的定情信物。

那是一小塊透明的瑪瑙，瑪瑙有眾多的色澤，這一塊內裡疊起的層次，竟然是純金的。

將月解釋道：「這東西有個專門的名字，叫金絲瑪瑙。從戈壁的山體裡面挖出來的，聚攏了萬年的山脈靈氣，是個不亞於麒麟角的奇物。有了這東西鎮著，等於再加上一道保險。

金絲瑪瑙現世後，一直被妖物及一票修仙者互相爭奪，直到被一隻老饕餮給吞到了肚子裡，我剖了那隻饕餮的肚子，把石頭搶了過來。」

他口裡說著恐怖的話，表情倒是挺輕鬆愉快，好像那隻饕餮惹毛過他。

說到饕餮，該不會是⋯⋯

不，連他是不是真的饕餮都不曉得呢。

「我太太小的時候很醜，可是長大以後，變成超級漂亮的大美人。凡是瘟人都有這個特色，必定是美男美女，有著傾國的容姿。」

這樣的容貌是包含在瘟人的命數中。

人類社會裡，長得越漂亮的人越容易存活，也越有機會來到一個國家最繁盛的地方，甚至進入君王的後宮，受到無微不至的保護，瘟人會在這樣的位置上發揮出最強大的影響力。

將月的這番話，不知怎的，讓春分聯想到了葉三。

「難道……」春分驚覺。

這故事繞了這麼大一個圈子。好像在講述將月他自己無關緊要的生平，但他要傳達的結論很簡單。

「葉三正是瘟人。」

將月輕點頭。

這結論也太令人震撼了。

葉三這平凡無奇，只是臉特別好看的孩子，竟然是百年出一人，會帶來巨大災難的體質？

「這事，你知，我知即可。你是鶴主，我相信你能守密，你也曉得若是消息漏出去，會有多麻煩。」他道：「講到瘟人，世上最了解的大概就是我。十幾年前，是我讓葉三的母親，去投靠葉貳，因為我知道他手裡有顆不得了的珠子，有那些珠子在，葉三就不會有事。」

春分終於明白，為何將月用這個故事來做為「代價」。這個故事本身就是一個祕密，你知道了人家的祕密，就要一輩子承受，這就是代價。

麒麟角。瑞水。

看來曾贈予給阿菊的那顆金絲瑪瑙，如今也串在葉三的手腕上。

「葉貳他……很執著的在找尋能解救兒子的東西。只是……可惜了。」

「您知道葉貳可能去哪裡了嗎？」

生要見人，死要見屍。

葉貳若是真已經死了，葉三肯定想要找回父親的遺體。

「我完全不清楚，我至少五年沒和他聯絡了。」

他又望過那些鶴：「這些鶴肯定知道，他們不說，應該是有他們的理由。」

打從一開始，將月就沒有要和葉三談的意思。

趁著葉三還沒回來，他道別離開，那塊幾乎要碎裂的絲綢，也回到了倉庫的小抽屜裡。

葉家的店鋪離下坡處的茶店很近，一來一回，走得快些也不用十五分鐘，葉三卻拖了半天才回來，果然是路上發生了一些事把他拖住，應該是將月搞的小小把戲。

他還沒回店裡，就知道將月肯定已經走了，臭著一張臉，悶聲不吭。

※※※

在這邊要補上一個春分後來才得知的故事。

很久很久以前，有個化作人身，遊戲人間的饕餮。

饕餮是種什麼都吃的妖物，堪稱是食物鏈頂點的狠角色，越吃越強悍，饕餮只吞不出，肚子裡積滿了各種的奇珍異寶，有人說饕餮的胃裡甚至能找到一整個國家。

有隻饕餮在人間亂逛著，有天有個朋友告訴他，有個傢伙在找你，要你肚子裡的一顆金絲瑪瑙，那傢伙有天命，很厲害，早晚找著你。

饕餮一聽，不樂意了，人家吃進去的東西，還要給人刨出來，這人是有多壞呢！

他乾脆嘻嘻笑著跑去找那個人，看他是不是真的那麼厲害，如果不厲害又不好玩，就把他給吃了。

喬裝成人類，饕餮先跑去找這個人的女人下手，就沒想到，他就在女人這關栽了跟頭。

這傢伙的女人有個土氣的名字，叫作阿菊。是個長得稍微有點漂亮的土氣村姑，很沒教養，又很兇，對他這個老饕餮很不尊敬。

說這個阿菊是個瘟人，身上有災難的味道，香噴噴的，搞得饕餮猛吞口水。

對饕餮來說，這就是戀愛了，人類的愛是放在心裡，饕餮的愛情則是放在胃裡，感受在舌尖上。

他想吃，又捨不得吃，小丑一樣的蹭在阿菊的身邊，沒事就要摸摸她的手，找她討糖吃。

阿菊的男人生氣了，他冷酷又不耐煩的捅了饕餮幾刀，叫他快滾，別騷擾別人的女人。

「別騷擾阿菊！」

這個砍人的男人就是將月。

饕餮生氣了。那時將月還沒迎娶阿菊，男未婚，女未嫁的，又不承認有關係，我在旁邊蹭點油水會怎樣？

可是氣著氣著，眼淚就掉了下來，因為他心裡明白，阿菊不可能喜歡他。

要打架，他才不會輸給將月這個才幾歲的毛頭小孩，可是他不想打了，他自暴自棄的讓將月剖了自己的肚子，撈出了那顆對自己來說根本不重要的金絲瑪瑙，讓將月把金絲瑪瑙串成手鍊，送給阿菊當定情物。

問世界情為何物，直叫人掏心掏胃。

阿菊過世了，不過將月這男人有天命，不太容易死，他們偶爾還會遇見。

每次見著，將月就慣例的要捅他幾刀，而饕餮也會嘻嘻笑著，搞些事來整整將月。

這羊怪的前因後果，就這麼明朗了。

葉家店鋪的前面山坡下，有一條小溪，將月前幾天在那兒釣魚露營，被饕餮給撞見了，饕餮用腳想也知道，將月這大人物會出現在這一帶，肯定是來葉家不知道要做什麼，他又猜了猜，竟然給他猜中。

將月見到這討厭鬼，照慣例的捅了他幾刀，饕餮則是把消息放給那個羊怪，於是便有了前幾日羊怪冒名假扮將月，襲擊葉家店鋪的事情。

這事分析的再深入一點，若是葉三沒把棗泥糖收起來，饕餮沒那麼早離開店裡，沒讓他碰見將月，這些破事兒也許就都不會發生。

聽完這故事，也總算明白，為何每次葉三見了這傢伙，都一臉巴不得喊送客的表情。

這傢伙來逛古董店，是醉翁之意不在酒啊。

十四、解答者

我問春分：「所以天命到底是什麼？」

「我沒問過他。」

「為什麼不問？」

「這人家的隱私吧，不方便問。」

其實也有很多人說我有才華，可是具體來說，我也很不清楚所謂的才華究竟是怎麼一回事。我仔細思考過，覺得才華也許是像酵母那樣的東西，有人拼了命的揉麵糰，卻做不出好吃的東西，就是少了酵母，但要問酵母菌究竟長什麼樣子，其中的原理又是什麼，有哪些菌種，這又很難解釋得清楚。

我想將月肯定很辛苦吧？背負著一個搞不懂是什麼的東西過活。

我彷彿能明白他的想法，如果這世上有誰能擺脫掉自己的命運，他肯定會極力的去協助，所以他幫助阿菊，又幫助了葉三。

「葉三真的是瘟人？」我問。

「他靠著手上戴的那個珠串，才能過著普通人的生活，葉貳的目標，是為他找齊剩下的珠子。」

這是很久很久以前，將月的一位朋友，給他的指點。

這位朋友是他明朝的時候認識的，此人非常奇妙，他有一種特別的神通，你問他問題，他會知道答案，這答案基本上是完全正確的，但他又說不出這答案究竟是怎麼來的。

他小時候被家裡人賣給一個有錢的商人，商人靠著他的神通，賺了非常多的錢，後來就和許多不知滿足的人一樣，商人有了錢，就想要權，想要不老不死，商人逼問他，要他告訴自己該怎麼做才能滿足這些慾望。

他於是老實的回答，你想要權力，就要從現在開始買通哪個官員，開始讀哪些書，做什麼準備，把所有的準備都到位，差不多要花七十年的時間。

商人一聽，七十年！他哪能等這麼久？商人便很生氣的問：「不成！我現在立即就要權力，要當高官，快告訴我怎麼做！」

不想做任何事就想要權力，不是在做白日夢嗎？這人縱使有天大的神通，也回答不出答案。

商人又問他，說自己想要永保年輕，不老不死，要怎麼做？

這個人又發揮了神通，一個步驟一個步驟的講給他聽，你現在開始要做什麼修行，該禁什麼慾望，又要去哪裡尋草藥，又要怎麼煉丹藥。

商人惱火了，說他講的困難重重，根本不是他想要的。他想要的「正確解答」，是該怎麼透過每天在家奢華享樂，暴飲暴食，來成就飛天成仙。

這怎麼可能吶！沒有這種問題的答案！

商人於是認定他是個騙子，把他的腿打斷，扔到山上餵老虎。

這人靠著自己的神通，勉為其難的撿回一命，自此躲藏在深山之中，不問世事。

將月身帶天命，常有奇遇，在山裡遇見了他，他們成了朋友，將月幫他重建房子，照顧他的生活起居，他則為將月回答了不少無解的問題。

這個人說，瘟人是一種命格，要想破解這個命格，就要「換命」。

這種天地至災的命格，就要用世間最吉祥的物品去解，用這些吉祥之物把他的命格整個換掉，這個人從此以後就沒事了。

他講得非常簡單。但就像之前的那個商人問他的問題一樣，要達成換命的條件，是至極的困難。

他列出了幾樣物品，說只要把他們全部集齊即可。

但即使是身負天命的將月，花了數百年的時間，都集不齊這些東西。

例如麒麟角，這東西自古以來就是由葉家把持著，說葉家「持有」麒麟角，更像是「麒麟角這聖物選上了葉家做為自己的守護者」這樣的一個概念。那表示即使將月知道麒麟角位在何處，他也永遠得不到。

其他的物品多少也有類似的問題。將月早就知道瑞水的下落，瑞水卻只會被與海有緣份的修仙者取得。

金絲瑪瑙的出現，純屬運氣好，不過這東西的所有權，更像是饕餮自願出借，而不是易主。

「這麼多年來，他真正得到的，只有一塊佛骨。剩下的二項，一樣叫做輪迴珠，另一樣叫做三千眼。」

這二項東西，我只聽說過三千眼，我好像還畫過，知道他長什麼模樣。

那是一種長得很像吃剩的桃核，外表坑坑疤疤的醜果實，許多描繪天堂或極樂世界的繪畫，都會在畫面中央畫上一顆茂盛的大樹，據說這三千眼就是這種樹的種子，讓他在世間生根發芽，就能造出極樂世界……至少是能造出極樂世界的庭院。

輪迴珠是什麼玩意兒，我就沒概念了。

這時我心裡突然有個問題：「可是你不是說，葉家自古以來就持有麒麟角？這麼巧，他們家族就出了一個瘟人？」

春分沒有正面回答我，他繼續道：「如果只剩下輪迴珠和三千眼沒有被找到，葉貳想必就是在尋找這兩樣物品的途中失蹤的。

如果循著他的路術去找這二樣物品，必定會在路上找到他的蹤跡。」

葉三當時是這麼想著的。

在將月前來拜訪的幾天後，春分照常的來到葉家工作，卻見到大門深鎖，他開了門進去，店裡已經收拾得很整齊，葉三留了一封簡短的信給他，告訴春分，這間店，以及葉家，一直以來都是屬於鶴主的東西，他將這一切都交還給春分。

他終於下定了決心，他要去找葉貳。往後不會再回來了。

※※※

春分當場嚇得人都呆了。

怎麼會這樣？

身後的鶴們發出了鬱悶的咕嚕聲，沮喪的垂下了翅膀。

他把店門打開，把店裡的燈都打開，然後坐下來，連十分鐘他都坐不住，他把信看了一次又一次，最後慌亂的奪門而出。

沒有葉三的店，他一秒鐘都待不下去。

葉三去了哪裡？

他先冷靜下來，去樓上找了一圈，葉三的房間全都收拾好了，還有一個房間應該是葉貳的，也收拾乾淨了，確認了樓上沒人，又去倉庫找，倉庫也沒有人，就是看起來有打掃了一遍，一些櫃子上積的灰全撢了個乾淨。

對於當時的春分而言，他受到最大的衝擊，是他根本不知道要怎麼聯絡葉三。

以往他每天來店裡報到，葉三都一定會在，他本來就很少出門，頂多就是去附近的超市買買食材，平日他就坐在櫃檯泡茶，偶爾會讀點小說，或是整理店裡的貨品，但不管怎樣，他人都在店裡，春分從沒想過他會拋下一句「我不會再回來」，然後帶著行李消失。

他從沒見過葉三有朋友，他也沒有上學……不，他也許有朋友。

春分猛然想起，在下坡轉角的那間茶店，葉三曾和他提過，葉家和開那間店的老闆一家是世交。

他三步併二步的衝進了茶店，揪著服務生就說要找老闆。

春分常常路過這兒，卻是第一次走進店裡，這店裝潢得比他想像中還高級，原本他只聽葉三說這是間黑心茶店，現在反倒明白，這店本來就不是開給過路客喝的，是開給附近山上住別墅的有錢人家喝的。

除了茶水點心，店裡也有提供桌菜，一個年輕服務生掐著耳麥出來，春分之前和他見過一面，認出他就是就是這間店的少東，葉三的竹馬。

他領著春分上了二樓，開了間小包廂給他，接著直接用自己的耳麥叫廚房送菜進來。

二人雖然之前有打過照面，不過沒有正式的會面過，他向春分自我介紹了下，他姓林，這間店傳到他是第四代了，人家一般都叫他林少。

和那個一臉沒出過社會的葉三相比，這個林少應對得體，看來是有經過磨練的人，也不知道葉三是怎麼和人家鬧僵的，八成又是葉三自顧自的在和人家鬧脾氣。

林家是從四代前就在這個地方開店。葉三的爺爺搬到這個地方來的時候，茶店還是個小飯館，價格沒有現在這麼高檔，葉三的爺爺常來這邊吃飯，兒子出生以後，又帶著一家人一起來吃飯，因為是鄰居，所以又比熟客更多了一分情面。

和他們開餐館的不一樣，做古董的一般水都很深，店門開著，但見不到客人，也看不見貨，都不知道是怎麼賺錢的。

後來到葉貳這一代，二家變得很熟，林家才曉得葉家的古董店是怎麼回事，不過也只道他們除了古董之外還兼差做收妖，畢竟林家只是一般人，沒有那個資質接觸到核心的部分。

林少比葉三大一歲，他們真的算是一起長大。

葉三的媽媽過世得早，葉貳一個人，不可能又要顧孩子又要顧生意，他常常就把葉三託給林家照顧，包吃包住，林少就和葉三的親哥哥一樣，每天陪他上下學，陪他吃飯寫功課。

林少開始學作菜的時候，葉三也跟著一起學，名店大廚親自傳授，也怪不得他燒得一手的好菜。

回憶起小時候，林少記得他和葉三玩捉迷藏，不管他躲在哪裡，葉三都能立刻把他找出來，他總是對著空氣講話，說那是他們家的「鶴」，「鶴」告訴他林少究竟躲在哪裡。

「他說他父親是鶴主，以後他也要當鶴主，那是他的夢想。」林少道：「我們後來為了這個吵架。」

「怎麼說？」

「我小時候不懂事，在家裡就是個少爺，講話常常都不經大腦。我那時覺得他對著空氣講話笨死了，又想要逼他來我們店裡工作，他不肯，我就笑他說什麼鶴都是假的，根本沒這種事，他就很生氣。」

林少講到這兒，不禁失笑：「後來他為了證明世界上真的有妖物，沒事就來找我的碴。」

難怪春分總感覺這二個人好像明明感情還不錯，卻又要鬧來鬧去。

但看林少這樣子，他其實也承認自己錯了，為什麼沒和好呢？

林少說，因為他那時還講了不該講的話，那句話傷了葉三的心，也讓他們的關係沒法再回去了。

「我說他不是他爸爸的兒子，所以不可能當鶴主。」

林少說著，眼神有點黯然。

「這是什麼意思？」春分完全不能理解了。

「葉三五歲的時候，他媽媽才帶著他嫁給葉叔叔，葉三和葉叔叔沒有血緣關係，他是養子。」

這話聽得春分差點激動的站了起來。

原來是這麼回事。

回想起將月的態度，還有他的說詞，這一切全都合乎邏輯了。

故事終於連接了起來。

「他還這麼小，相依為命的媽媽又過世了，我想他一直覺得……自己得做點什麼，為了待在葉家，為了被承認，這種壓力我是一直到長大成人以後才能體會。我傷到他的那些話，恰巧是他最在意的部分，後來有好長一段時間，他都不肯理我。」

林少是真的在為了葉三而苦惱。自始自終，他應該都當葉三是自己真正的兄弟，他不是有意要傷害葉三。

「雖然我見不到鶴，不過你出現的時候，我就預料到這個結果了，葉三是個自尊心很高的人，肯定沒有辦法忍受。他有什麼話也老憋在心裡不講，所以我才把全部的事都和你說一遍，我想讓你瞭解這些前因後果。我這個弟弟很麻煩，很彆扭，但這是因為他從小就過得很辛苦，他其實是個很乖的孩子。要拜託你多多關照他了。」

「我會的。」

我一定會……

春分發自真心的答道。

※※※

林少並不知道關於瘟人的事情，也不懂葉家的內幕。不過隨著他說出的片段關鍵，春分有了深入的了解。

按照將月所說的故事，瘟人會為世間帶來極大的災難，會有很多人想要替天行道，消滅他們，葉三的生母肯定找上了將月尋求幫助，想為自己的孩子找出一條活路。所以將月說他見過小時候的葉三。

將月得不到麒麟角，不過沒關係，他有別的解套方法，就是直接把這對母子介紹給了葉貳。中間不知發生了什麼，他們結婚了，葉貳把葉三視為己出，非常努力的在為他尋找活下去的辦法，他們一同共度了一段短暫的幸福生活，直到葉三的母親過世。

也許葉三的母親曾告訴過他，要他好好的回報葉家。

為了繼承葉家，他非常努力的學習，別人家的孩子還不懂事的時候，他跟在父親的身後，拼了命的以鶴主做為人生的目標。

他應該也知道鶴主是靠血緣在繼承的，他沒有葉家的血統，繼承鶴的機會是微乎其微，可是他的心裡必定留存著一絲希望，鶴主這個頭銜對他而言，是一個地位的象徵，證明著他究竟能不能真正的做為一個葉家人來活著。

春分的出現，把他所有的希望都粉碎掉了。

失去了鶴，失去了父母，失去了這世界上唯一一個接納他的容身之處。

他這麼倔強的一個人，不可能死皮賴臉的再待在葉家，會拖了這麼久的時間，恐怕是為了想從客人的口中打聽葉貳的消息。

春分說想要來葉家做全職的工作，聽在葉三的耳中，就像是告訴他「葉家已經沒有你的位置了」。

春分當然不是這個意思。他從來沒有想過要把葉三趕走。他真的覺得自己太蠢了，為什麼他就沒有自覺呢？

還妄想親近葉三。他早該明白，自己的存在，就是一種傷害。

※※※

春分強迫自己打起了精神。

正如這個故事一開始所言，春分是個出過社會的大人，當他知道自己該做什麼時，他可以不要面子，放棄成見，他什麼都做得出來。他有最堅定的意志，還有成年人做事的手段。

他站了起來，找了一隻離他最近的大白仙鶴，無情的掐住了對方的脖子。

「我是不是你們的主人？」

大白鶴嘎的一聲。

大白鶴說得可能是「不」。但春分反正也聽不懂鶴語，誰搭腔誰就是了。

春分第一次，用非常具有行政主管風格的語氣，居高臨下的和大白鶴講話。

他以前對大白鶴都很客氣，首先是他脾氣好，尊敬他們是保育類，不和快絕種的惡鶴計較，再來他始終覺得這鶴不是自己的東西，不方便和他們大小聲。

現在他不想客氣了。

「我現在要命令你們做事。去找葉三，現在，立刻，馬上就去，把他找出來，告訴我他在什麼地方，我要去帶他回來！」

仙鶴們頓時亂拍翅膀，嘎嘎亂叫，以群魔亂舞之勢，聽從了春分的命令。

這還是第一次，大白仙鶴聽了春分的話。

在仙鶴面前翻轉了地位，春分終於真正的感受到自己做為鶴主的自尊與權力。

※※※

幾個小時之後，因為奔跑而氣喘噓噓的春分，狼狽的出現在機場的櫃檯，一把搶走了葉三手中的機票。

葉三瞪大了眼。

「你要去哪裡？」

「和你沒關係。」

「有關係！」

春分一口就把他的話否定掉。葉三愣住了，平常這個說什麼都好的春分，吃了虧也任他欺負的春分，第一次對他兇。

大概是心裡壓抑得太久了，葉三的眼淚一下子就掉了下來，止也止不住，那些鶴圍著葉三，心疼了，在那邊嘎嘎的叫，周圍的路人們看不見鶴，只見到有個兇巴巴的男人把人罵哭了，紛紛在那邊指指點點。

「回去了。」春分給他擦眼淚：「沒事了，回去了。我們回家去。」

葉三從頭到尾都在哭，在後座和大白鶴及行李擠在一塊兒，一路哭到家門口。春分努力的提醒自己想起來，葉三就是個小孩子，他老是使喚春分開車，是因為他根本都還沒到能考駕照的年紀。

他心裡把葉貳罵了一遍又一遍，罵他是個混蛋，把這樣一個小孩扔在家，自己還死掉了，到底是想做什麼啊！

也許不是故意要死掉，但現在葉三要怎麼辦？

不管如何，葉三是找回來了，雖然他的情緒是支離破碎了，但人總算是平安。

葉三哭累了，抱著大白鶴睡著了。春分看著從葉三手上搶來的機票，默默的下了決定。

他要陪著葉三，一起去尋找失蹤的父親。

十五、尋主 I

春分道：「葉貳那時失蹤滿一年了。葉三也不是一直守在家裡等他回來，葉貳失聯後，他就去找過了，但空手而返。

在我出現以前，他已經去了當地三次。」

春分的出現，表示葉貳已不在人世，他便不急著找了。

葉貳這個人不太和兒子討論自己的行程，大概是有時候做黑的生意，不想讓兒子牽涉進去。葉三比較主動，隔三差五就會打個電話聯絡，不過大多也只是問他好不好，不會在電話裡講太多關於工作的事情，所以葉三也不清楚他的詳細行程。

葉貳的行李都在旅館，看起來是他出門辦什麼事情，出去後就沒再回來了，當地的治安不好，旅館見他沒回來，有幾個服務人員手腳不乾淨，把行李裡值錢的東西都偷了，還嚷嚷說是客人自己不回來，他們有權處理遺落在房裡的東西。

值錢的東西事小，就怕裡頭有葉貳失蹤的線索，葉三拼了命也得要回來。

當地的警察很消極，不想管事，最後是地陪找了當地的流氓過來恐嚇，服務員才心不甘情不願的把偷的東西吐出來。

那些行李現在全在葉三的房間裡，他每天都會翻一翻，可是裡面真的沒有什麼像樣的線索。葉貳有做筆記的習慣，行李裡沒有筆記本，看是被他一起帶走了，照片、文件之類的東西應該也都存在手機裡。

因為葉貳有大白鶴在旁協助，他有辦法進入許多普通人找不到也進不去的地方，機關房、古墓、崩塌的隧道什麼的，可能真的是一不小心被困在裡面，就這樣身亡了。

以前的葉家人，進入這些凶險之地時，因為有帶麒麟角護身，所以不會出意外，可是現在麒麟角給了葉三，葉貳等於是以一個完全沒有保障的方式在冒險。

也怪不得葉三受到的打擊這麼大。

這些鶴到底為什麼不肯說出葉貳的下落呢？

春分覺得用嚴肅的態度審問他們，他們也會和你耍賴，這幾天葉三心情不好，不想煮飯，春分負責起了家裡的吃喝問題，因為葉三嫌他煮的不好吃，春分只得買些現成的外食，突然看見炸雞店有賣整隻的炸全雞，於是默默買了一隻，擺到大白鶴的面前。

「葉貳到底在哪裡？你們快說，不然……」他指指桌上的炸全雞。

大白鶴們嘎嘎兩聲，面對恐嚇，毫不退讓，用優勢武力把春分啄到一旁，一整群鶴一擁而上，把桌上的炸全雞吃了個精光。

春分那時真的被震撼到了，他從來沒想過鳥竟然會吃炸雞！

這想法後來被他的朋友奚落了一頓，說他小時候沒玩過老鷹捉小雞嗎？魚是吃海裡的魚，鳥本來也就會吃鳥，要他不要這麼沒常識。

平常這些大白鶴在葉三面前，就是悠閒的吃吃松子，一副高不可攀的德性，在春分的面前，就吃得滿嘴肥油，沒半點形象，春分心裡不禁罵道，等等我就去多買幾隻，吃肥你們，看你們還飛不飛得起來。

大白鶴的體脂肪，明顯是不需要春分的擔心。白鶴們和葉三的感情好，應該也是看著他從小長大，把他當自家人一樣疼愛。

他們不透露葉貳的下落，看來真是有什麼隱情，春分也只能先開始做旅行的準備，辦護照，訂旅館什麼的，看看到了葉貳失蹤的地方，大白鶴會不會回心轉意，透露一點線索給他。

收拾著雞骨頭時，春分突然有一個奇怪的念頭。

大白鶴寧可看著葉三傷心，也不肯告訴他父親的遺體究竟在哪裡。

是不是因為他失蹤的地方極度危險，是真正的有去無回，連大白鶴都沒有辦法將他救回來。所以大白鶴們不能透露葉貳的去向，否則憑著葉三的倔強，他肯定會不顧自己的性命硬闖進去？

他們疼愛葉三，不能坐視葉三去送死。

可是葉三的手上有有這麼多樣寶貝，還能遇到什麼危險？

難道說那地方凶險到連麒麟角都壓不住？

連麒麟角都壓不住的地方，裡面是有什麼東西？

難道……

那個地方，藏有剩餘的珠子？

※※※

春分改變了計畫。他還是要去找葉貳，但他要一個人去。

他曾經想要偷撿葉三的頭髮去做基因檢測，看他們是不是兄弟，照這情況看來，他和葉三不可能有血緣關係，幸好沒有白花錢。

除了幫助葉三，他心裡也是想弄明白，葉貳究竟是不是自己的生父。

這一趟出去不知是吉是凶，他得把自己的事情打理好再出發，首先是把租屋收拾了，重要物品暫放到葉家，又打了通電話回老家，是弟弟接的——他的義父和母親生的兒子。

「哥，好久不見。」

電話的另一端，春分的弟弟聽起來很高興。

「最近在做什麼啊？」

「準備考試啊。補習啊，無聊得很，哥，你什麼時候回來一趟？科系太多了，我都不知道要怎麼選。」

春分的弟弟今年要考大學了。回想起剛見面時，他還是個坐在地上玩積木的小娃娃，真是奇妙，他現在已經是個大人了。

「爸媽呢？他們不在嗎？」

「他們出去玩了，星期五才回來，你有事要找他們？」

春分和他說事先想好的理由：「嗯。其實呢，我要和朋友出國一趟，要去自助旅行，大概要去一個月，想說和你們說一聲。」

「哇！這麼棒！要去哪裡？」

「去歐洲。」

「那你的工作怎麼辦？」

「你哥我工作這麼多年，想放個長假，會給你帶紀念品回來的。我下個月初出發。」

春分的弟弟突然靈光一閃：「哥！你該不會是……交女朋友了？」

「你傻啊，我哪來的女朋友。」他不禁失笑。

「你是和女朋友出去玩對吧？你別瞞著我啊！有女朋友就快說！」

真是被這傢伙鬧得都記不得講正事了。

他又和弟弟聊了好一陣子，掛上電話的時候，明顯的感覺到心裡輕鬆不少。

其實他這通電話是想聽聽母親的聲音，可惜未能如願。

春分非常的感激自己的義父，和他相處的時間短暫，可是他像春分真正的親人，他對待春分和自己的親生兒子是一視同仁，而且是打從心底的在關心他們。

母親肯定也是因為有他的支持，才有勇氣去找回這個自己曾經拋棄掉的孩子。

生下春分的時候，她是十六歲吧？

自己成為一個大人之後，才真正能體會，那個時候的她，真的是太小了，她肯定承擔著太大的痛苦。

春分對母親沒有太大的怨恨，主要還是因為他過得不錯，育幼院的老師人都很好，身旁的同學也很好，成長的過程裡頭，他沒有受過太大的委屈，沒有委屈，就不會恨。

他知道委屈的人是什麼模樣，在他長大的育幼院裡，有許多孩子沒像他這麼幸運，他們過得很辛苦，春分見到自己的親生母親的時候，母親的身上有著和那些人一樣的苦澀感，她凝望著春分，那是曾經被折磨過，傷痕累累，恨過一個人的眼神。

春分知道母親痛恨的人就是自己。

他想起了將月和自己說過的那個故事，他在明朝認識的那位「無論何事都能解答」的朋友。如果能和他發問，是不是能找到一個答案，讓所有人都過得幸福快樂，讓自己的母親從痛苦中解放，獲得幸福。

但那個人也說了，許多要求，不是你知道要怎麼做，就能辦得到。

在春分把自己的事辦妥之後，他在山坡下的小溪旁找到了在那兒露營釣魚的將月，和他說了自己準備出發的事情，也明白的告訴他，自己可能回不來。

將月聽了，反應很淡薄，料想是他的一生已經聽過太多這類有去無回的遺言了。

他拿了茶招待春分，用野營用的茶壺煮的。

這幾天他好像都住在這兒，違法露營，大概是搞了點小把戲讓警察看不見他。

「我和你說一件關於葉貳的事情。」他說道。

「我是看著他長大的。我也看著他們的父親長大，還有更前一代、再前一代。」

「我和你提過了，葉家有麒麟角。那東西綁定在葉家人身上，我帶不走。我曾想過把葉家人殺光算了，但他們有麒麟角護身，我殺不掉。」

他突然講起了令人毛骨悚然的話。光天化日之下，春分覺得一股寒氣。

難道葉貳的死，其實和他有關？

「後來我改變了作法，我嘗試親近葉家，當他們的朋友，從小給他們的孩子灌輸一種正人君子的觀念，教他們要保護弱者，要對世間有責任心。」

他的意圖很簡單。

葉家的子孫如果心術不正，萬一哪一天他遇上了瘟人，需要借麒麟角一用，事情就會變得很麻煩。

「每一代的孩子，我都會觀察他們，給予適當的引導，引導逐漸累積，深植進葉家的家風裡頭……終於，我的目的達到了。」

一般人不可能做到這種事，但將月擁有幾乎無限的時間，他辦得到。

葉貳成了一個有俠義之心的人。

他無法拒絕來自弱者的求助，他不止是出讓了麒麟角，還娶了葉三的母親，甚至為葉三上天下地的尋找其他的珠子，他做得太多了，幾乎可以猜測出他的心腸有多軟。

將月苦笑了下：「葉貳很聰明。在我的目的達成的那一刻，他就察覺了，我們以前很親近，他非常信賴我，但我對他做的事是不可原諒的，為了葉三的未來，他拒絕再與我來往。他怕我再影響葉三。」

「難怪葉三好像對你一點印象都沒有。」

「我見過他的時候，他還太小，記不得。」

將月道：「你出現的時候，我很驚訝，我不知道你是什麼人。我花了一段時間去調查你的身分，現在和你坦白這件事，是希望你可以了解我的為人，無論你去了之後，會不會回來，我都會看好葉三，這是我欠他們葉家的。」

春分原本就和將月不熟，只是將月這個人身上有股凜然的氣勢，無論如何都不會把他往壞人的那一邊歸類。

但他現在覺得這個人的凜然，很恐怖。

「我也得說實話，你剛才說的一切，讓我感覺很不安。」

「覺得不安，比全然的信任好。」將月道。

春分帶著簡單的行李出發了。

他手頭不像葉三一樣有很多的法寶，光帶個手電筒好像太隨便了，就問了下大白鶴，有沒有什麼推薦的東西可以帶，一隻大白鶴去倉庫翻了翻，銜了一個白色的東西放進他的手裡。

那是鵺的牙齒。

也不知道有什麼用，春分拿了根繩子把這牙齒串成項鍊掛在脖子上，看起來很像觀光勝地會賣的鯊魚牙吊墜。

雖然心裡想著「就沒有可靠點的武器嗎？」可是武器也不能帶上飛機，還是算了。

為了瞞過葉三，他和葉三謊稱要回老家，向葉三請了一個星期的假，還吩咐了幾隻大白鶴留在葉三的身邊好好照顧他。

原以為天衣無縫，要去機場的那個早上，才踏出家門不遠，就看見葉三站在馬路對面，上班時間的車流又多又雜，身邊都是殺氣騰騰的上班族，他一臉不服輸的夾在那些人中間，想過馬路，看起來卻像是快要溺死在機車的廢氣裡。

春分覺得很好笑，之前公司裡打工的高中生看起來都沒有他這麼無助，但一碼歸一碼，葉三也是有很堅強的一面。

他應該可以走過去找葉三，不過他放著行李，等著葉三氣呼呼的朝他跑過來。

「你要去哪裡！」

葉三朝他吼叫的語氣，聽起來就是事情穿幫了。

原本想說些什麼，可是低頭一看，葉三的眼眶都紅了。

「對不起。」

「你不准去！為什麼要瞞著我一個人去！為什麼騙我！」

「我很快就回來了，沒事的。」

「……你們都這樣，爸也是這樣說，然後就……」

此刻在葉三的眼中，恐怕是把春分要離開的身影，和自己失蹤的父親重疊在一起了吧？

他哽咽道：「你們都丟下我，我要怎麼辦？」

這些事，春分其實都想過了。

葉貳走了，把鶴帶走了，這回是運氣好，來的是個肯照顧葉三的好人，如果新的鶴主是個壞人，或是索性根本不把鶴帶回葉家了，葉三往後的日子要怎麼過？

他當然可以去其他的地方生活，可葉三絕對不能再忍受有第二個人為他去送死。

「為什麼不准我去？」春分問。

葉三咬咬牙：「你去哪裡都跟我沒關係！就是不准去找我爸！」

「我要是離開，你會不會比較好受？」

「不是這樣！」

「不，我要聽你說真心話。你是不是討厭我？」

「我……」葉三喊道：「我是不高興……你到底是什麼人？為什麼會出現……我從來沒聽我爸說過你你的事情！你是我爸的親戚嗎？我根本不知道你是誰，為什麼要冒著危險來幫忙我？我搞不懂你在想什麼，為什麼老要關心我！」

「所以，你討厭我了？」

「我……我是討厭你！」

「討厭我，又不想讓我走？」

這一瞬間，葉三終於發現，眼前這個男人一直在套自己的話，整個人惱羞了起來，鼓足了勁瞪他。

「我其實也不知道自己是什麼人。」春分輕輕的捧起了葉三的手，拉起他的袖子，看他掩飾在袖子底下的那一串珠子。

那串不知道染過多少人血的珠子。

「我想知道，我和葉家是什麼關係，但這不只是為了我自己，也為了我的母親，所以我去這趟，不能全說是在幫忙你。」

葉三不說話，低下了頭。

「生氣了？」

他點點頭。

「聽到你要挽留我，我很開心。」

葉三揍了他一拳，直拳揍在春分的肚子上，毫不留情。春分倒是笑得可樂了。

「這樣吧，你們這行……嗯，訂正一下，我們這行，不管做什麼，好像都是要用交易。就做為冒這一趟險的代價，我想和你要一樣東西。」

「你敢和我談條件！」
「我想要你相信我，等我回來，我一定不會有事，至於報酬……」
他曉得葉三從今而後，都不會放過他。

※※※

故事聽到這裡，我真心覺得葉三很幸福，這麼多人都惦記著他，有默默守在他身後的，為他煩惱的，替他鋪路的，這就是臉長得好看的人過的人生嗎？簡直是令人憤世嫉俗的毒雞湯。
我沒見過葉三，不知道他究竟長什麼模樣，又或是春分的心裡關心他，以至於體會到的，說出口的，都是對葉三好的事情，連同他的遭遇都給美化了。
不不，肯定是葉三先長得好看，才會被美化。
至於春分，我越來越懷疑他有喜歡當別人哥哥的癖好。
「你也真是能講，一開口就胡亂答應，做不到怎麼辦？」
「你相信天長地久，答應別人的事，就永遠不變嗎？」
「這世上唯一可靠的只有金價。」
「你幾歲呀？」春分對我的評語皺眉。
「我是每天周旋在你們這些貪財藝術掮客間的無助兒童。」

「無助兒童什麼時候願意賞賜一點畫，幫助一下貧困的大人？」

「等你把故事講完的時候。」我翻了個白眼。

在靠牆的一疊畫板後頭，我準備了一幅給春分的畫。不是要賣給他的，只是畫好了，我留著也沒用，想說做個人情施捨一下。

我第一次畫這種主題的畫作，在此之前，我的畫全是莊嚴的神佛，仙獸，各種的極樂世界，這一幅畫，畫的則是滿開的桃花。

聽了春分的故事後，做為讀後感言一般的畫。

畫的並不好，只勉強壓到我心中的及格線，就是一個能見人的程度。不過這是第一回，不受我父母的牽絆，不受制於我自身的才能，僅僅憑藉著我自己的意志，畫出的畫作。

我個人是覺得很滿意。

十六、尋主 II

把葉三大爺送回家歇著，聽他怒罵幾句，扔幾樣東西，安撫好了，春分趕忙前往驅車前往機場，幸好還來得及。

大白鶴和他一塊兒登機，十來隻丹頂鶴，旅行團似的擠進狹窄的通關口。春分回想起了他第一次和大白鶴們擠電梯時的好笑狀況，如果這機上還有另一個看得見的人，見到飛機的每一個空位上都擠了一隻白鶴，還認出了這些鶴是他帶上飛機的，那他真恨不得立刻從飛機上跳下去。

幸好這種狀況沒有發生，他們順利的抵達了目的地。詳細的地點不便說明，是一個在喜馬拉雅山腳下的古老城市。喜馬拉雅山是許多宗教認定的聖地，周遭的城鎮也都有濃厚的宗教氣息。

春分是個欠缺旅遊經驗的人，唯一一次出國，是公司的員工旅行，去沖繩三天二夜，沒體會到什麼文化衝擊，不過喜馬拉雅山就不一樣了，完完全全的不同，簡直就像是穿越到了異世界。

來到這裡的前半天，春分整個人都是目瞪口呆的，幾乎所有目光所及的範圍，都是從未見過的事物。

特別是葉貳失蹤的這個城鎮，並不是第一線的觀光城市，那種異世界的氛圍更加濃重。

雖然也有少數的外來者，大多數都是商人，聽地陪說，這個城市主要生產各類旅遊紀念品，什麼天珠啊、木雕啊、唐卡啊，你想得出的都有，算是一個藝品的生產交流中心，商人會來這邊批貨，再帶到大城市去賣。

有便宜量產的藝品，也有高價精美的手工藝品，轉賣到城市裡時都已經過了二三手，最後才是客人拿到手上的價格。

好險事先已經聯絡了地陪，否則春分連機場外的巴士都看不懂該怎麼搭，他完全無法想像葉三之前一個人到這種混亂的地方找人的狀況。

不過託葉三的福，因為他來這邊好幾回了，旅行社的人員一聽見春分要去這個地方，馬上熟門熟路的給他辦妥，還給他安排了與葉貳當初住的一樣的旅館，以及一樣的地陪。

地陪是個五十幾歲的印度矮大叔，給人的感覺很是油滑，城府很深，據說他在英國住過五年，英文算是溝通無礙，藏語也行，就專門帶高價的歐美客人，或是像葉貳這種商務取向的單幫客。

葉家除了古董，也做近代藝品的生意，除了宗教法器外，這兒的手工紡織物也很有銷路，有客人讓他找貨，他就會過來。

春分不是來旅遊的，就直接和他說明了來意，費用照給，讓他挑了間餐廳吃飯，要和他打聽葉貳的事情。

講到葉三這個小少爺，地陪就露出了頭痛的表情。

他說葉貳和他合作過很多次了，是老客人，衝著往日的情份，才會帶著葉三到處去找人。只是人一直沒找到，葉三又和當地人鬧得很不愉快，最後讓地陪跟在他後頭收了一堆爛攤子。

他道：「不過葉老闆的確有在打聽一些事情。」

「什麼事情？」春分追問。

「他在找鳳凰。」

「鳳凰？」

「是。基本上就是你們認為的那種鳳凰。」地陪為了幫忙找，從葉貳那邊聽來不少事情：「一種神話裡的鳥。」

中國有鳳凰，但非常奇妙的是，全世界各大古老的神話裡，也都有類似的生物。最容易和鳳凰搞混的，首先是同樣發源自中國的朱雀，再來是西方神話中的不死鳥。

不死鳥從火燄而生，碰巧朱雀也是相同的形象，經過了各種錯誤與混淆，最後鳳凰在民間傳說中也成了差不多的樣子，只要講到鳳凰，就是隻紅色的大鳥，但其實最早的鳳凰應該是接近於孔雀那樣的形象，不止不是紅色的，還是五彩繽紛的。

山海經中又有所謂的大鵬，這也是種神鳥，印度神話中，則有金翅鳥，金翅鳥的傳說傳到中國，和大鵬的形象相結合，於是又產生了所謂的大鵬金翅鳥，但不知為何，又有人把大鵬金翅鳥等同於鳳凰。

又或許他們其實都是非常類似的存在。

「他想要關於神話中的靈鳥的傳說，或是相關的古董，說是自己在研究，我就在這一帶替他找類似的東西。」

「有找到嗎？」

「這種東西太多了，多得很吶。我也不是專家，我的工作就是告訴葉老闆東西在哪裡，讓他自己去看，他到底有沒有去看，或是看了有什麼結果，回頭也不會告訴我。」

就地陪大叔所言，這些年至少找到了二百多件，不是個可以一一清查的數字。

他突然想到個問題：「你有告訴葉三嗎？他怎麼說？」

地陪滿口說有：「能講的我全講了。損失了葉老闆這麼好的客戶，我也少賺錢吶。」

「葉先生最後去的地方，你能不能都帶我去一趟？我想親眼看看。」

春分心裡是冀望著大白鶴們能在路上給他一點提示。

「可以！當然可以，明天早上我就帶您過去，整個行程，我帶您原封不動的跑一遍。」

接下來的時間，春分就像個普通觀光客那樣，在地陪的帶領下，逛逛當地商圈，去了幾間葉貳喜歡的店鋪，走馬看花了一整晚，回到旅館的時候，整個人幾乎累癱了。

旅館在當地算不錯的等級，就是門鎖能鎖得上，洗澡有熱水的那種。

春分往床上一坐，忽然口袋裡掉出了一樣東西，身旁的大白鶴嘎嘎二聲，發出邀功的鳴叫，那是一台黑色的舊手機，有點眼熟，春分回想了下，立刻想起這東西是地陪的手機！

「是你們幹的？」

大白鶴嘎嘎點頭，圍到春分身旁，啄啄螢幕，示意他看手機的內容。

這些鶴把手機的解鎖密碼記下來了，春分立即意識到這地陪大叔看似親切，但骨子裡恐怕有鬼，翻開手機裡的訊息項目，一下子就找到了葉貳的名字，令人震奮的是，底下存有數年份的對話紀錄。

看來地陪大叔自稱和葉貳合作多年的事，果然不假，他正想讀這些對話時，身邊的鶴們豎起了頸子，朝著門外警戒了起來。

「糟了。」春分身為一個前系統工程師，心想應該是地陪發覺手機不見了，照著定位找上門來。

背起行李，春分溜出房間，人生地不熟的，也不知道往哪裡去，他心裡默默和白鶴們說道：就交給你們帶路了。大白鶴們領著他，半飛半走的在旅館走廊上快速前進，春分乖乖在後頭跟好，走樓梯上了樓，盡頭有一扇門已經開好了，大白鶴在門前把風，等著春分躲進去。

這是一間相當狹窄的邊間，是旅館拿來放掃具雜物的儲藏室，裡頭又暗又髒，從黏滿了污漬的窗戶往下望，樓下來了好幾輛車子，像是流氓的傢伙們在路上吵鬧著。

聽不清他們在說什麼，不過春分有個直覺，那些人應該是來找自己麻煩的。

所有的鶴也跟著一塊兒躲進小房間，本來就堆滿雜物的房間，擠得連站的地方都不夠。

春分找了個櫃子後頭躲著，將守門的任務交給大白鶴，還不曉得要躲多久，乾脆重新看起了手機，地陪先生的名字叫盧曼尼，從他的通訊紀錄看來，他還真是個神通廣大的地頭蛇。

他的私人管道真是多到數不清，做地陪純粹就是接生意的一個過程，從替人找藝品古董到包辦走私文物出國，甚至是訂製高端仿品，他都有門路。

難怪明明是個地陪，還能幫忙叫流氓做恐嚇。他和葉貳的來往，看起來還挺正常，他的確在幫葉貳找東西，對話紀錄裡有許多古董藝品的照片，他們的模式是透過盧曼尼先生廣大的人脈，四處暗中接洽，只要有符合要求的東西出現，盧曼尼先生就發照片和物品的持有者訊息過去，再由葉貳自己去聯絡。

每當數量累積得差不多了，葉貳就會親自前來一趟，一次把貨看完。

不過再仔細比對信件與其他人的對話紀錄，這位大叔也搞了不少假消息在騙錢，甚至還企圖做一些無中生有的假貨賣給葉貳，可惜鶴主是不會被假貨矇騙的。

珠寶，古董，藝術品，這幾個行業都是水深如海，你騙得了人，是你的實力，被騙的人只能摸摸鼻子自認不足，所以說沒有累積幾代的經驗，根本成不了氣候，像葉家這種特例，靠仙鶴累積了千年的經驗，他們手中把持的知識，恐怕是比文物本身更為昂貴。

如果說知識本身是有價的話，春分掂掂這隻手機，手機裡頭各種騙人的黑料，不知道能讓這位地陪先生拿什麼出來贖呢？

盧曼尼先生最後給葉貳的資料中，有一系列拍攝某種布料的照片，盧曼尼先生的英文有時很難懂，春分從他們的往來對話中推敲了很久才理解，這東西是馬鞍上的裝飾，去深山裡收古物的販子拍出來的。

這類品項比較生僻，大概就一些歐美的藏家會感興趣，價錢也喊不高，還不如弄點衣服首飾之類的好賣。

照片放到最大來看，雖然物品的整體已經破爛到入不了眼，不過布的質料非常不錯，看那光澤是絲綢，上頭繡的還是金線。

這可就離奇了，古代的金線可不像現在是泡染料，是真金箔下去貼的，金線銀線都要大戶人家才用得起，上面繡了雪山和一些騎馬的小人，他們跟隨著一隻飛在天上的金鳥在前進。

這圖太淺顯，幾乎是一看就懂，這些騎著馬的小人，追的是鳳凰！

圖上的小人們的前方，是一個山谷，山谷的左上方又有一個湖，整幅圖應該就是一張地圖。持有這件古物的是深山裡頭一個小村子的住民，說是祖先傳下來的，另外還有一些推估年代在東漢左右的器皿，只是這幾年村子和外界有了流通，不少人進來收東西，他們也把東西拿出去賣，幾乎都賣光了，就剩下這塊破布，因為沒人肯出高價，才留了下來。

料想在東漢時期，應該是有一群人追著「鳳凰」來到了這個地方，這群人留下了大量的物品，不知道他們最終去了哪裡。

見到這訊息的第一眼，春分想起了某些電玩遊戲的開頭，線索給得實在是誇張的明確，有股濃濃的圈套感，不過春分現在不用猜測，他手中握有盧曼尼先生的劇本，迅速的翻找了一下，果然有蹊蹺。

從幾個對話紀錄裡能窺見，這事的確是一個斗大的陷阱，看起來是有個幕後的老闆，指示盧曼尼先生等人，想辦法把葉貳騙到當地去。

憑著手機裡的訊息，最多也只能拼湊到這裡了。

這些人在打什麼主意？

一直在身旁幫忙打點的人就是內鬼，怪不得葉三無論如何都找不到線索。

「葉貳是不是在這個地方？」春分直接向大白鶴們問道。

身旁的大白鶴沉默的低下了頭來。

這就是了！看來葉貳就是被這群人所害。

儲藏室的門很薄，外面走廊的聲音聽得一清二楚，有許多講著完全聽不懂的語言的男人在喧嘩，周遭的門一扇扇的被打開，住戶發出吵鬧的聲音，又換下一扇門，他們逐間的在搜索。

再這樣下去一定會被找到，正想著究竟要繼續躲還是跳窗逃生的時候，春分的腳邊出現了一對雪亮的眼睛。

這是……什麼？

春分幾乎嚇得停止了呼吸，那竟是一隻從黑暗中探出頭來的巨大黑豹。

春分下意識的猛烈退後，肩膀在後頭的木架子上撞得發出聲響。

首先是黑豹的頭，接著是身體，逐次的顯現，壯碩無比的黑豹，捲起尾巴，朝著春分輕蹭了蹭。

黑亮的皮毛和房間內的陰影融為一體，牠並不是真正的豹，而是類似影子凝聚而成的氣團，這頭豹是……

春分握過脖子上掛著的皮繩，上頭原本繫著的利牙不見了。

這隻霧色的黑豹，竟然是鵺的牙齒所化成的。

妖物的身體，即使只是殘破的一部分，仍舊能夠產生一些特別的變化，鵺的牙齒如今以豹的姿態顯現。

春分悄聲的朝著黑豹求救：「你能幫我嗎？」

巨豹朝著春分的身上嗅了嗅，利牙快速的拖過春分的外套。

春分發出一聲悶吭，都來不及做任何反應，就被拖進了黑暗的影子裡頭。

這是一個極度怪異的體驗，整個人好像陷進了牆後的暗道中，和黑暗融為一體，沒有人察覺到春分的存在，當搜索春分的人破門而入之時，春分和大白鶴們，已經隨著巨豹的腳步，遠遠的逃離了旅館。

怪不得鵺的牙齒如此珍貴，能抵十年的報酬。

黑豹把春分帶到那群人無論如何也追不上的城市邊緣後，默默的消失在黑夜中。

春分在這城市裡無處可去，唯一認得的地方只有當地的巴士站，但又害怕那群流氓會到巴士站堵人，乾脆照著路標，放膽走夜路，朝著下一個城鎮的方向走。

事後回想起這一段，真的覺得當時的膽子太大了，敢在這種只要有幾個搶匪從路邊冒出來，就會丟掉性命的地方徒步。只是當時的春分完全沒有想那麼多，又或者是經歷了一連串超現實的過程，過於疲憊，常識的部分稍微的麻痺了。

這條路也算是在雪山山腳下，在鶴的引導下，春分一步一步的走著，空氣凍得猶如滲入薄冰，混雜著一股異國乾冷的土的氣味。

照他的腳程，應該並沒有走上太遠，但日後的春分，對這一段路的記憶，鮮明無比，當時的心情，彷彿是朝著世界的盡頭前進。

毫無光害的天空，牛奶銀河幾乎如海一般巨大，將夜劃開一道白色，能在星光的輝映中看見遠處雪山的輪廓，耳邊靜寂無聲，只剩下後腦深處，遠雷似的耳鳴，與輕柔的振翅聲。

春分仰頭望得出神，這樣的山與夜色，與身旁沉默的白鶴們，交織成一幅奇妙的圖畫。對一個自小在都市中長大的人而言，這是足以撼動自身價值觀的不可思議的體驗。

他就這樣一直沿著公路邊走，直到精疲力盡，清晨四點左右，天色總算微亮，有早班的巴士路過，他趕忙揮手攔車，才結束了這場小小的驚魂。

他隨著車子被載到了隔壁鎮，司機看他那狼狽樣，以為他是那種來喜馬拉雅山追尋自我，腦子有問題的嬉痞背包客，憐憫的訓斥了他幾句，把他丟在當地的巴士總站。

謝過了巴士司機，春分吃起熱呼呼的早餐，研究起接下來的行程。

之後四處徘徊，又花了一個星期的時間，春分才終於找到了「鳳凰」所在的位置。刺繡的圖案上標記的地方，是一個位在無人區的雪山山谷，由大白鶴認證，方位絕對沒錯。

離那個位置最近的村子只有一間旅館，春分找旅館的櫃檯打聽消息，櫃檯是當地人，也兼任導遊，說那個位置雖然在海拔上是挺高的，但其實並不陡峭，就是路很破碎，又有許多大石擋路，車開不了，最多就是騎犛牛。

普通人也是能慢慢的走過去，只是那邊是真的什麼都沒有，寸草不生，除了石頭就是雪，當地人根本不會想進山，而且若是山谷裡有什麼寶物，他們的老祖先就該發現了，實在不明白現在怎有這麼多人想過去。

春分一聽就有興趣了：「都是什麼人去，你有印象嗎？」

牧民說有個做玉石買賣的大老闆來過，帶了很多人一起來，但空手而歸。那個大老闆來過之後，偶爾還會有不死心的人過來看看。

「這個人你有見過嗎？」春分拿了葉貳的照片給他看。

「有。這位老闆，是和做玉石買賣的大老闆一起來的。」

果然沒錯，葉貳來過這兒。不過那位做玉石買賣的大老闆的事情，更讓春分有興趣。

他也許就是設計葉貳的幕後黑手。

他們之間有什麼過節，春分不明白，不過這傢伙讓葉三傷心了，基於這點，春分就不能放過他。

櫃檯問他要不要請個帶路的，春分有大白鶴帶路，已經足夠了，付錢租了一頭犛牛載行李，一個人默默的出發。

回想不到半個月前，春分還在三步五步就有一間便利超商的市中心過日子，穿西裝打領帶，現在卻包著民俗風頭巾，防水登山外套外頭混搭當地人的毛披肩，牽著頭犛牛，踏雪走在亂石中，人對環境的適應力，實在是非常強悍。

大白鶴們陪著他飛飛停停，終於到了第三天的下午，在一片荒石白雪的山道上，出現了非常突兀的風景。

黑色的石塊上，紮著十來個灰色的帳篷，那些帳篷圍繞著一間奇怪的廢墟。

看起來是有一批人在此紮營，把不想帶走的大件行李及垃圾，連同帳篷一同扔在這裡，帳篷中間圍著一間古老的破石板屋，不知道坍了幾百年，周圍有其他二間比較小點的石板屋，同樣也都是廢墟。

除了石板屋外，還有一口非常古老的枯井，估計是和石板屋相同的年代建成的。

到底是什麼人會住在這種與世隔絕的場所？

可能性其實還挺多的，罪犯，守墓人，甚至是修仙者。春分四處繞了下，石板屋挺小，裡面也就十坪的空間，屋內完全是空的，只剩四片牆，半片屋頂，就算裡面有剩些什麼，也被之前來的那批人搜括走了。

外面那二間更小的石板屋，應該是倉庫或是養牲畜的地方，同樣也是沒東西。

最後只剩那口枯井。春分湊上去察看，枯井邊緣的石磚上留有打鋼釘的痕跡，可能是有人嘗試垂降下去。

可是井底很淺，光是站在井邊就能看清，井底一滴水都沒有，也是空的。

鶴們對這裡一點反應都沒有，春分只得主動問他們：「是這裡嗎？」

有一隻鶴蹭到了春分的身旁，春分嚇了一跳，還以為又要被啄，沒料到這鶴只是親膩的用身體擠擠他，好像在示好。

這隻鶴蹭過之後，其他的鶴也紛紛往春分身上蹭，春分頓時不知所措，以為這些鶴食物中毒，精神錯亂了。

是沿路上吃太多石頭了嗎？為什麼突然對我這麼好？腦中突然閃現了一個畫面，好像是去醫院看感冒，醫護人員突然對你噓寒問暖，親切備至，還和你說等等不用等叫號，直接插隊進去找醫生就好。

這就是你的生命有危險的意思啊！

看來地點是沒錯了。大白鶴們肯定知道接下來的步驟，只是進入下一步，很可能就會迎向死亡。

這些鶴是在等他做最後的決定。

他也可以什麼都不做，現下折返，往後再從長計議，或是現在下去，九死一生。

春分坐了下來，深吸了一口氣，在這個平靜到極點的雪山之下，思考起了自己的死亡。

這一天，他沒有下去那個井底。

他什麼也沒有做，就是不停的思考著，吃飯，看著天空，望著遠處肅穆神聖的雪山，出發的時候雖有雄心壯志，但真的到了生死交關的分際，果然是沒那麼容易面對。

和真的死掉相比，自己的身世什麼的根本就微不足道。

葉三還在家等自己回去。

要是自己沒能回去，他會有多生氣？

他摸摸鶴脖子；「雖然當鶴主的時間很短暫，你們也對我很兇，不過能認識葉三，我很開心。要是我真的死了，你們可別亂認鶴主，要找一個會照顧葉三的人，知道嗎？」

他又想想：「找一個可愛的高中女生吧，和葉三比較登對。」

鶴們嘎嘎的叫。

「你們該不會也這麼想吧？」

依然是聽不懂的嘎嘎聲，外加拍幾下翅膀。

這些可惡的鶴，果然就是這麼想的！

隔日的清晨，春分準備好了，背起背包，和鶴說道：「告訴我怎麼下去。」

大白鶴沒讓他垂降下去，其中二隻鶴在井邊跳起了莫名的舞，感覺好像是在踩踏某種機關，最後他們踩踩石井邊的一塊磚，示意春分去轉那塊磚頭。

地底下傳來了機關運作的巨大聲響，轟隆隆的，非常沉重的聲音，像是鐵鏈拖行著一輛巨大的車。從枯井中緩緩升起了一樣東西，是一條金屬打製的龍，龍有男人的手臂粗，通體深黑，不知道是什麼材質，但在春分眼中看來，這條龍雖然不會動，給他的感覺卻是活著的，是一種近似於植物的生命。

金屬質感的外殼，可能是一種硬化的角質。

龍的下半身被鎖鍊綑綁著，那些鎖鍊上全雕著六角型的花紋，像是龜殼，又像是盤長結。

巨蛇常被稱做是小龍，蛇和龜糾纏在一起的生物，舉世聞名，名叫玄武。

接下來還要打開什麼機關嗎？

不，根本不需要下去井底，這地方藏著的，應該就是這條龍。

龍的右眼珠，是一顆帶著奇異虹彩的天珠。

春分的心臟狂跳，這眼珠八成就是葉貳在找尋的其中一顆珠子。

這地方的機關看起來也不是很厲害，難道是這珠子有什麼詭譎？難道想把它拿下來就會死？

翻過井緣湊近了看，天珠的表面打磨得像鏡面般明亮，上頭的虹彩應該是打磨中出現的一種結構上的干涉效應，只是上頭的倒影長得有點古怪。

上頭的倒影不是自己的臉，而是一隻鳥。

「這是為什麼……」他隨著鏡面上的影子移動，那鳥的影子也隨著他移動。

春分朝著天珠伸出了手，後頭的大白鶴發出了警示的鳴叫聲，在碰觸到天珠之前，他看見自己的指尖處燃起了金紅色的火燄，就像是夕陽西沉時那種顏色。

他感覺自己想起了什麼。
春分的身影，在碰觸到珠子的瞬間，化為了火燄消失了。

※※※

不知過了多久，春分醒了過來。
眼前是一片的黑暗，有個溫暖的東西正抱著自己，他覺得挺舒服的。
一陣沙啞的男人聲音，從他的背後傳來。
「……那是輪迴珠。」
春分想要說話，卻覺得喉嚨很古怪，自己竟然發出了鳥鳴。
「別急呢，你現在是靈魂的模樣。」
什麼？
扭動了下身體，自己有著好長的脖子，滿身金紅色的羽毛，羽毛發出的微光將周圍照亮了，他正坐在一個男人的腿上，他發現自己變成了一隻鳥。
一隻金紅色，翅膀上還帶著五彩的鳥。
「對不起，把你捲了進來。」男人道歉道。
雙眼適應黑暗後，春分看清楚了，這個地方是一間非常有儀式感的石室，周圍墊著很多很多的乾屍。

乾屍有的零落的靠在牆邊，有的已經化為白骨，他們都被細細的龜殼鎖鍊纏繞著，鎖鍊彷彿是植物氣根一樣的東西，兩側是深不見底的走道，不知道通往哪裡。

他想轉頭看看這個抱著自己的男人，但男人制止了他。

「請不要看，我現在的樣子有點恐怖，因為我已經死了。」

死了？什麼意思？是屍體在說話嗎？

春分想說話，但說不出來，男人主動的解釋了他的疑惑：「我成了玄武的食糧。就和前面的那些人一樣，我的身體已經死了，但用了點方法讓自己保存著靈魂，等待你出現。」

男人說道：「我就是葉貳。」

春分的腦子轟的一聲。

他好想知道現在究竟發生了什麼，春分非常強烈的這麼想著的時候，他感覺自己讀到了葉貳的心思。

簡單得像是伸手拿取蘋果，這是一種天生就俱備的本能，葉貳的情感、記憶、話語，所有的一切，逐漸的流進了他的腦海。

他的意識逐漸被葉貳的記憶佔領。

在葉貳的記憶裡，他看見了葉三的母親，她是個多麼美麗的女人，葉貳一見到她，就不可自拔的愛上了她。

她抱著還在襁褓中的葉三跑進店裡求救。

葉三一出生，就展現出了瘟人的特性，有很多人想要葉三的命。為了保護兒子，丈夫在車禍中死去了，她僥倖帶著兒子逃離，路上終於得到了將月的幫助，將月為她寫了一封信，要她來找葉貳。

就算因為車禍而受傷，臉上貼著紗布，頭髮亂七八糟，仍不能掩飾她倔強的眼神，她不想死，不想和世間常理投降。那不服輸的眼神，和長大後的葉三很像。

他們一起扶養葉三，不時遇到追殺他們的刺客。

刺客們也是為了保護世間，殺死這個孩子，是為了阻止災難降臨。雙方都很不得已。

葉貳拚了命的找到了「瑞水」，鎮住了葉三的命格，原本想殺葉三的正義之士們，才終於願意與他們談條件。

只要葉貳能繼續找齊剩下的珠子，他們就放過葉三的性命。

葉貳的記憶中，剛學會走路的兒子，牽著自己的手，開心的笑著。

只要有自己的妻兒在，他就什麼都辦得到。

葉貳溫暖的感情流入了春分的意識中，這個男人深愛著自己的妻小。

他一直在尋求著能讓所有人都活下來的辦法，正如將月所言，他超越了將月的想像，主導這件事的將月始終有著冷峻殘酷的一面，葉貳的仁慈戰勝了將月的冷酷，事情往好的方向移轉，葉三長成了一個健康可愛的小孩。

在設計與引導中養出的人格，卻活得比任何人都具有人性，這恐怕也是將月始料未及的發展。

將月會放棄主導權，遠遠的離開葉家，也是因為如此。

記憶中的畫面逐漸轉變，葉貳不斷的在研究關於「鳳凰」的存在。

「是為了……剩下的珠子，必須找到鳳凰。只有靠鳳凰才能取得它們。」

中國傳說中有四靈獸，其中的鳳凰是真實存在的。

關於鳳凰，有太多的故事，但無論是哪一個國家的傳說，鳳凰都是一種相伴在神明的左右，能自由飛翔至天上世界的神鳥。

鳳凰棲息最好的靈木，只喝最純淨的水，傳說中的三千眼，就生長在這樣的地方。

葉貳考據了諸多的資料，認為三千眼這種東西，應該是鳳凰吃剩的果實，恐怕在遠古之時，曾有鳳凰帶著生長在另一個世界的果實往返，才留下了三千眼這種物品的傳說。

「我被設計了。」葉貳嘆息道。

葉貳的記憶中，出現了一個有著南亞輪廓的男人，就是陷害他來到此地的玉石商人。

男人出乎意料的年輕，衣裝筆挺，眉宇中卻有著一股濃厚的殺氣，他的身邊，帶著一隻雪豹。

「他們一家，和我們葉家一樣，繼承著靈獸。我們是帶著鶴，他們則是雪豹，你若是見了他們，千萬別讓他們接近葉三，他們齊家，和我們葉家不一樣，手段很不乾淨。」

和人丁凋零的葉家不同，玉石商人那邊家大業大，周圍的保鑣都是拿機關槍的。

這家人很早以前就掌握了「玄武」的情報，只是玄武太邪門，幾代下來，他們沒能應付得來。

玄武的眼窩上，鑲著的就是大名鼎鼎的輪迴珠。

葉貳靜靜的解說，輪迴珠顧名思義，就是一種能讓靈魂從肉身解脫，進入輪迴的東西，詳細的用法，沒有人曉得，只知道很久很久以前，有個修仙者得到了它，那位修仙者就是此處石板屋與井的主人。

他把輪迴珠放在玄武上頭。

被稱作是玄武，是因為長得像，真正的玄武是不是這個東西，不能肯定。

比起植物，玄武的本質似乎更接近真菌，類似萬年靈芝之類的。這一株完全不經外力塑造，奇蹟般的長成了龍的外貌、以及龜甲的絲根，雖然自我意識薄弱，也不會移動，但幾乎可以說是一種精怪了。

只要靠得離他太近，就會吸進一種胞子，任何活物，無論是妖物、人類，全都會被迷暈，身體被拖進井底的石室，成為玄武的餌食。

這有點像是共生的型態，玄武保護輪迴珠，珠子又替玄武引來食物。

齊家人極度的想要這個掌控輪迴的力量，但無論派出多少人，所有人都被玄武給吃了。

那幅馬鞍上的繡畫，雖然鳳凰的部分是造假，但其他部分是真實的，東漢時期真的有一群人來到這個地方，想要取得輪迴珠，他們的下場就是全數消失。

「……他們認為做為鶴主的我，可能有能力把輪迴珠拿下。可惜我失敗了。」

最後竟然是葉貳自願和他們合作的。

最初的確是被騙，但當葉貳曉得這東西是他一直在找尋的輪迴珠時，他決定一試。

憑藉著做為鶴主的知識與能力，他奮力一搏，可惜最終還是丟掉了性命。

不過他保住了自己的靈魂，沒讓輪迴珠把自己的魂魄吞噬掉。

「我和白鶴們提了最後一個要求，我請他們去找鳳凰。其實我早就知道鳳凰在哪裡，白鶴們早就找到了鳳凰，只是我不曉得該怎麼做才能使役鳳凰、讓鳳凰為我去摘三千眼，所以我一直在做調查。」

葉貳的意識再次的流入了春分的腦海。

他看見了大學時的自己！

葉貳曾經在教室外頭看著自己！

難道我……不可能……所以我身上發生的這一切，全都是……

葉貳溫柔的呢喃道：「……春分，你的母親沒有說謊，她當真是以處子之身生下你。你的靈魂，是借胎於人，以肉身降世的鳳凰。」

葉貳的大手輕撫過懷中的金紅色鳳凰。

春分震驚得無法再思考任何事。

他不願相信，可是他的身體告訴自己，葉貳沒有騙他。

鳥兒的視線、鳥的羽翼、鳥的嗓音，還有他已經意識到的、做為鳳凰的力量。

「雖然我有很多的話想和你說，你現在的樣子，是你真正的模樣，你是仙獸，你的力量，非我們凡人所能及。我只能拜託你，請你把輪迴珠拿下。」

不止是為了葉三。

同時也是為了這麼多被玄武所害之人。

春分急躁的想說些什麼，可是口中說不出人話，他好想和葉貳多談談，他要告訴葉貳，葉三有多麼想念他，他也想問關於鶴的事情。但他看見了葉貳撫在自己身上的手，那手已經乾枯成了灰色。

乾枯的手不動了，葉貳最後的意識流往了春分的腦海裡，是關於他這一生的留戀，他的父母，與他稱兄道弟的朋友，最愛的妻子，還有他最重要的兒子。

他的靈魂終於走了，走得很安詳。

春分的喉中滑出了一長串悲淒的鳥鳴，鳳凰的鳴唱，竟然是如此的優揚、充滿力量，懷抱著他的葉貳逐漸的變得冰冷。

他撲動翅膀，儘管他的意識仍然是混亂的，他的直覺知道自己該怎麼做，鳳凰的身軀在帶領著他，他得完成葉貳最後的遺願。

——必須殺掉玄武。

鳳凰仰天大吼一聲，燃起金紅色的火燄。

一時之間，地動山鳴，這是極具有力量的二種仙獸間的鬥爭。

鳳凰的利爪無情的飛撲向前，割裂玄武的鱗甲，吃食起玄武黑色的內臟，利喙挖掉玄武的眼珠，吞噬進肚中。

井底的石室整個崩塌了，鳳凰衝出了地面，以渾身染滿黑血的姿態降落。

回到了這個名為春分的人類的身體裡頭。

※※※

當春分再次醒來時，已經不知道過了多久。

白鶴們圍繞著他，春分伸手看自己的指尖。

是人類的手。

剛才的事情，是一場夢嗎？

不，不是夢。他感受得到自己身體中湧出的力量，來自於靈魂的深處，源源不絕。

不知是誰把自己塞進了帳篷裡，周遭有眾多嘈雜的聲音傳來。

有一大批人圍繞在四周工作、挖掘著。

十七、新的開始

故事到這裡告一個段落。

春分醒來的時候，身旁多了一大批人，他們在挖剩下的廢墟，好像是想把剩的東西全搬回去研究。

春分稍微解釋他們的身分。

「他們姓齊。和葉家的歷史不相上下，只是他們沒有被刻意壓抑，葉家有鶴，他們則是有雪豹。靠著雪豹的幫助，發展得家大業大，現在是行內數一數二的玉石商。」

齊家人在百年前就已在緬甸落地生根，也有一小部分族人在馬來西亞。

據說他們不止有私人軍隊，還藏著自己的玉礦，簡直是富可敵國了。

將月一直控制著葉家，就是怕葉家變成像齊家那個樣子吧？那種規模，是完全無法操控的。

若是輪迴珠真的落入他們手裡，後果不堪設想。

不過這個故事最大的重點，應該是春分的真實身分。

我對著他左瞧右看，看不出他有什麼像鳳凰的地方，不就是個春分嗎？算了，就算是個鳳凰，也是個叫做春分的鳳凰，實在是找不出有什麼了不起的地方。

「你真是鳳凰？」

「是呀。」

「能飛嗎？」

「不行。」

「你這樣算是人類嗎？」我問道。

「應該說是一種會被認為是鳳凰的仙鳥，能藉著人的身體輪迴轉世，所以在我這一世死去前，我都是人類。」

「這樣講起來真是奇怪呀。」

「怎麼說？」

「我一直搞不懂轉世的概念，一個靈魂不斷的替換身體……是這樣沒錯吧？靈魂是不變的，身體一直在變，但最終決定你是什麼的，是你的肉體，你的靈魂是什麼，好像不重要，但一般又認為身體才是不重要的。」

「那是你用身體的這一方去觀察的關係吧？用靈魂的那一方來觀察，或許會有不一樣的結論。」

「你怎麼看呢？」

「像寄居蟹？」

「聽不懂你在講什麼。」算了，果然就是個春分。

他道：「講到最後，結果葉貳不是我的父親。我和葉家也沒有關係。」

「成年之後才發現自己換了種族，有沒有特別的感想？」

他瞄過那些鶴：「想到自己和他們是同類，長著鳥脖子鳥翅膀，一開始是很難接受……現在還是很難接受。」

即使生為人，也還留有做為鳳凰的習性，缺乏各種的人性慾望。所以即使與家人疏遠，感情淡漠，也只覺得普通而已。

有許多事得到了解釋。

當日，在春分抵達靠近山谷的小鎮時，齊家的下屬就收到了通知，他們暗中的跟著春分，要紀錄春分與玄武接觸後的結果。

只是沒料到春分竟然反殺，把玄武給吃了。

齊家的家主說是坐著直昇機連夜趕過來，要見見這位能解決玄武的大人物——葉家的家主是「鶴主」，他們的家主，用他們的緬甸話來講，叫做「豹子」。

他們當然也是打著漁翁得利的念頭，想看看能不能直接從春分手中搶走輪迴珠，但當他們齊家的豹子看見春分時，他就放棄了。

正如葉貳所言，區區的人類，即使持有武器，也無法與仙獸為敵。

齊家這二百年來，為了輪迴珠死了不少夥計，他們打算把剩的遺體搬一搬，送回家鄉安葬。

春分請他們幫忙找葉貳的遺體，可惜在那場與玄武的大戰中，葉貳的遺體離戰場太過接近，損傷的很嚴重，最後還是湊了些骨頭出來，葉貳的衣物及筆記本也找到了。

齊家人把春分送到最近的大城市，給他訂了飯店住。休息了一天後，春分踏上了返家的旅程。

葉三到機場接機，看見父親的遺骨，哭得亂七八糟，不過既然已經把遺骨帶回來了，他心中懸著的一塊大石也總算能放下。

大家都曉得，他很堅強，遲早會好起來。

「大白鶴們是為了完成葉貳的囑咐，才認我當鶴主，唯有如此，才有機會引誘我，去為他們找三千眼。」

春分會來到葉家的店門口，恐怕也是白鶴們努力後的成果吧？

「鶴真的沒法還給葉三了？」

「既然能認我這個和葉家也沒有血緣關係的人為鶴主，我想，總是有辦法的。」

根據齊家的豹子透露，除了鶴與雪豹，他們曾確認過，世上還有一樣與他們相仿的靈獸，是以錦鯉之姿出現，其主人被稱呼為「鱗主」。

只是鱗主消失多時，否則鱗主那邊，說不定會有該如何讓靈獸易主的辦法。

春分現在正在打聽鱗主的去向。

不過對葉三而言，這件事好像已經無所謂了。

頂多就是脅迫春分改姓葉。

春分冷笑了下：「這些傢伙本來以為送我去玄武那邊，我就會死掉，他們就重獲自由了。可惜……」

他朝大白鶴們瞪了一眼，大白鶴悠悠哉哉，在那邊裝傻。

看春分現在還苦勞的在當著鶴主賺錢，這就是最終的結果。

得到了輪迴珠後，三千眼的取得，根本不成問題，非常順利就拿到手，這邊的後續沒什麼意思，春分也就一筆帶過。

「葉三湊齊了珠子，終於換命了？」

「是呀。」春分欣慰的說道：「換完命的第一件事，你猜葉三想做什麼？」

「出去玩？吃龍蝦慶祝？」

「他說他想養寵物。」

「啊？」

「好像是因為是瘟人的關係吧，動物都很怕他，貓和狗都不願意靠近他，我們住在山腳邊，店裡夏天連一隻蚊子都沒有。」

林少那邊正好有個員工家裡有事，想找地方暫時寄養家裡的狗，就交給葉三接手。

後來好一陣子，每天都能看見葉三興致高昂的在附近溜狗。

不用說，春分的地位因為狗的緣故，又往下降了一級。

春分沒再回去當他的系統工程師，他留在葉家工作，繼續過著被葉三頤指氣使，但我看他其實挺享受的生活。

春分的故事，就在這邊告一段落了。

※※※

雖然春分的故事看起來節奏很快，不過聽完他這一系列的故事，花了我好幾年的時間。

春分這傢伙既然能把別人的故事告訴我，肯定也會把我的故事說給別人聽，既然這樣，我就學學他，來講講我自己的故事。

我們原本就不是那麼常見面，即使見了面，他停留得也不久。

在他講完他自己的故事後，隔年，我手上的刺青宣告完工，踏出了久違的房門，我感受到了葉三得到自由後的心情，這次輪到我從命運中被解放了。

只是我不想養狗，我想去跑操場，火熱的流一場汗，體驗一下陽光的毒辣。

因為太久沒動，抱著雄心壯志想一路衝去公園的我，走到自家庭院就沒力了。

那些討厭的高僧警告我不要得意忘形，他們還不確定這刺青是不是真的那麼有用，要我別太皮癢，等等被妖物一口吞了。

但我曉得這刺青是有用的。因為春分來見我的次數減少了，他幾乎不出現了。

如果他沒有騙我，他真的是鳳凰，這刺青就能傷害他。

有一陣子我很氣他，氣他竟然提防我，氣完之後，覺得自己應該轉變想法，又一個隔年，我開始讀考高中的課程——我竟然快到可以唸高中的年紀了，我總覺得我還是個小孩子，時間過得如此之快。

春分和我約定過，要我告訴他我十五歲時的生活，那我現在可以用一句話告訴他：當考生。其實也沒那麼壯烈，我只是開始唸函授教材而已。

除了開始唸書以外，我的生活沒有太大的變化，我的父母還是和以前一樣，沉溺在揮霍之中，對我的一切顯得漠不關心。

妖物再也不能束縛我，我卻得面對他們累積的龐大債務。人情債、金錢債。

我的畫足以應付這些債務，卻有種疲累的感覺，他們不關心我，不代表我不能關心我自己。我繼續埋頭畫畫，畫累了，去操場跑步，跑完了唸點英文，寫點參考書，唸得煩了，再繼續畫畫。我把我畫的妖物的圖送給了春分，他很驚訝，說我什麼時候變得這麼大方，是不是身體不舒服，覺得憂鬱？

還以為他會發表什麼高見，誇獎一下我嶄新的主題或構圖什麼的，看來是對他有所期待的我的錯。

又隔年的中秋，他人沒出現，倒是寄了張照片給我，說是葉三養的狗生了小狗，毛絨絨的幼犬們疊在一起，很可愛。

我忽然想到，他花了好幾年的時間和我說這些故事，但在他說這些故事前，這些事早就已經發生而且結束了，算一算也是幾十年前，那時候的葉三，現在是什麼模樣呢？

故事裡的其他人又在做些什麼呢？

春分總說，等你離開這裡，用自己的眼睛親自去瞧瞧。

我想像了一下成年後的葉三，刻薄美青年坐在櫃檯陪你泡茶聊古董，聽起來還挺有賣點。

我真的應該出去見見這個世界了。

※※※

我離開家的那天，我沒有和任何人說，因為我知道一旦說了，我的父母就不會放我走。

我不擔心他們，我預先在房間裡留下了大量的畫，賣了之後足夠他們奢華的過完下半輩子，如果還不足夠，那就不是我的問題了。

離我滿十八歲，還差二天。

我沒帶什麼行李，就一個運動背包加上證件。帶得太多，會被家裡的傭人注意到，到時候我就跑不了了，算好了時間，早上九點，我一如往常的說要去跑步，不會有人注意到異樣，接著直接前往火車站。

如果沒有意外，我永遠不會再回來這個家。

說得輕描淡寫，但我的心裡其實是很緊張的。

所以當我望過我的房間最後一眼，走過客廳時，我沒預料到會看見這個熟悉的老友。

那時的我們有很多年沒見了，但春分和我記憶中一模一樣，這麼多年過去，他完全沒有變老，身旁的白鶴一如往昔，三五成群的在走廊上漫步著，讓我家的走廊頓時成了一幅不可思議的畫作。

他在這個時間出現，肯定是故意的，知道我要離開，他在等我。

「你怎麼曉得？」我真的很疑惑。

他笑著沒有回答。照舊一臉大人的心機樣，這表情在向我炫耀著，大人也是有祕密的。

「你長高了。」

「當然。」

「第一次見你的時候，你還只有這麼小。」

春分若有所思的，伸手比了個高度，彷彿年幼時的我，還在他的眼前。

「決定要去哪裡了嗎？」

「往北走，其他再看看囉。」

沒有意外的話，仍然是換個地方畫畫吧，雖然我心裡有些別的打算，還不想說出口。

他遞給我一個信封袋。裡面是一份存摺，用我的名字開的。

「這是什麼？」
「以前你給我賣的畫，賣掉的錢，我都存了一份起來，這是屬於你的。省著點用，可以用好幾年。」
「……謝了。」
我從沒想過，他會為我準備這份禮物。
他給我的實在太多了。
無論是我童年時支持我的那些故事，又或是這份貴重的送別禮。
我總有種不會再與春分見到面的感覺，心中的慌亂卻多於悲傷，以至於完全沒能掉下眼淚，就只是愣在那兒，也講不出道別的話。春分笑了下，催促我快走，還趁亂推銷，說以後要是缺錢，記得可以拿畫去他那邊賣。
「好好保重。」
我和他匆匆的道別。
家門外正亮起了耀眼的陽光，把外頭的景物都照成了刺眼的白色，我走了出去。

（全文完）

#【後記】

星期四下午，編輯傳來了信件，讓我把文檔做排版後寄回，原本想拒絕，因為評鑑快到了，星期六要上班，只剩星期日能勉強抽空，可是念頭一轉，我原本就想再修一次稿，本來也就得編章節，這些事情最好都在校稿前完成，於是星期六晚上倉促開始動工，修稿到天亮，星期日繼續接力，直到現在。

星期一的凌晨二點半，總算把該做的事做了一遍——還不能保證沒有細枝末微的差錯。心想著如果能去冰箱翻罐啤酒來喝就好了。

我的寫作常態大概是這個模樣。

雖然是凌晨二點半，但今晚是一個非常涼爽舒適的夜晚，能在這樣的一個夜晚完成稿件，是打從內心的讓人感到愉快。

最後不免俗的也要放上各種感謝，謝謝身旁支持我的友人，無私的給予我多方協助。

感謝評審委員。
以及讀者們。
下回我會記得囤一點啤酒在冰箱裡。

言紡　2020/9/14

釀奇幻50　PG2487

白鶴行

作　者	言　紡
責任編輯	喬齊安
圖文排版	蔡忠翰
封面設計	王嵩賀

出版策劃	釀出版
製作發行	秀威資訊科技股份有限公司 114 台北市內湖區瑞光路76巷65號1樓 電話：+886-2-2796-3638　傳真：+886-2-2796-1377 服務信箱：service@showwe.com.tw http://www.showwe.com.tw
郵政劃撥	19563868　戶名：秀威資訊科技股份有限公司
展售門市	國家書店【松江門市】 104 台北市中山區松江路209號1樓 電話：+886-2-2518-0207　傳真：+886-2-2518-0778
網路訂購	秀威網路書店：https://store.showwe.tw 國家網路書店：https://www.govbooks.com.tw
法律顧問	毛國樑　律師
總 經 銷	聯合發行股份有限公司 231新北市新店區寶橋路235巷6弄6號4F 電話：+886-2-2917-8022　傳真：+886-2-2915-6275

出版日期	2020年10月　BOD一版
定　價	280元

國家圖書館出版品預行編目

白鶴行 / 言紡著. -- 一版. -- 臺北市：釀出版, 2020.10
面；　公分. -- (釀奇幻 ; 50)
BOD版
ISBN 978-986-445-423-5(平裝)

863.57　　109014742

讀者回函卡

感謝您購買本書，為提升服務品質，請填妥以下資料，將讀者回函卡直接寄回或傳真本公司，收到您的寶貴意見後，我們會收藏記錄及檢討，謝謝！
如您需要了解本公司最新出版書目、購書優惠或企劃活動，歡迎您上網查詢或下載相關資料：http:// www.showwe.com.tw

您購買的書名：________________________________

出生日期：________年________月________日

學歷：☐高中(含)以下　☐大專　☐研究所(含)以上

職業：☐製造業　☐金融業　☐資訊業　☐軍警　☐傳播業　☐自由業
☐服務業　☐公務員　☐教職　☐學生　☐家管　☐其它_____

購書地點：☐網路書店　☐實體書店　☐書展　☐郵購　☐贈閱　☐其他

您從何得知本書的消息？
☐網路書店　☐實體書店　☐網路搜尋　☐電子報　☐書訊　☐雜誌
☐傳播媒體　☐親友推薦　☐網站推薦　☐部落格　☐其他__________

您對本書的評價：(請填代號　1.非常滿意　2.滿意　3.尚可　4.再改進)
封面設計____　版面編排____　內容____　文／譯筆____　價格____

讀完書後您覺得：
☐很有收穫　☐有收穫　☐收穫不多　☐沒收穫

對我們的建議：________________________________

____

____

____

請貼
郵票

11466
台北市內湖區瑞光路 76 巷 65 號 1 樓

秀威資訊科技股份有限公司　　收

BOD 數位出版事業部

(請沿線對折寄回，謝謝！)

姓　　名：＿＿＿＿＿＿＿＿　年齡：＿＿＿＿　性別：□女　□男

郵遞區號：□□□□□

地　　址：＿＿＿＿＿＿＿＿＿＿＿＿＿＿＿＿

聯絡電話：(日)＿＿＿＿＿＿＿＿ (夜)＿＿＿＿＿＿＿＿

E-mail：＿＿＿＿＿＿＿＿＿＿＿＿＿＿＿＿